U0933949

夕阳拾趣

康士国

UNITY PRESS 團結出版社

图书在版编目（C I P）数据

夕阳拾趣 / 康士国著 .—北京：团结出版社，
2025.9. —ISBN 978-7-5234-1887-1

Ⅰ . I267

中国国家版本馆 CIP 数据核字第 2025G66X83 号

责任编辑：郭　强
封面设计：书香力扬

出　版：团结出版社
（北京市东城区东皇城根南街 84 号　邮编：100006）
电　话：（010）65228880　65244790
网　址：http://www.tjpress.com
E-mail：zb65244790@vip.163.com
经　销：全国新华书店
印　装：四川科德彩色数码科技有限公司

开　本：145mm×210mm　32 开
印　张：4.125　　字　数：70 千字
版　次：2025 年 9 月　第 1 版　　印　次：2025 年 9 月　第 1 次印刷

书　号：978-7-5234-1887-1
定　价：50.00 元

雄伟壮丽的天安门

花之恋

花香起舞

宝岛留恋

康爹爹 80 岁生日快乐

康奶奶 80 岁生日快乐

全家福照

小康一家

澳大利亚游学“三剑客”

美丽的姐妹花

谨以此书献给

康爹、康奶80岁的生日礼物

前 言

岁月悠悠，时光荏苒，转眼间，我已步入了人生的金秋时节。在这个世人称为“老人”的阶段，生活似乎被赋予了新的色彩和意义。

老年，并非意味着生命的尾声，而是另一段精彩旅程的启航，满载着岁月的沉淀与生活的乐趣。

回首往事，仿佛是昨天。岁月的长河中，我们经历了太多的风雨，见证了太多的变迁。而我作为一位普通老人也有着自己的经历和故事。我的家乡小海是一个古老集镇，具有七百多年的历史，地理位置优越，拥有丰富的自然资源和深厚的文化底蕴，七百年的古韵文化孕育出“小海香肚”“小海卷饼”等一批饮食类非物质文化遗产，享誉苏北平原。

近年来，随着年龄的增长，我思念小海的情结越来越浓烈。我的童年、青年是在小海度过的，小海的大街小巷留下了我的足迹，这里的一草一木、一砖一瓦，都深深地烙印在我的心中，给我留下了许多珍贵的回忆。

两年前，我从家庭企业第二次“退休”后，有时间了。于是，我动笔写了一些关于小海的美食、民俗、人文、家庭故事等回忆。这些回忆，或许被时间的洪流冲洗得模糊不清，但我愿将它们重新拾起以文字的方式分享给大家，让大家通过我的故事感受到时代的变迁，体会到人生的真谛。

人生如梦，岁月如歌。时光的轨迹留下的只有回忆和感悟。我感觉在这个世界上没有什么是永恒的，唯有亲情、友情和爱情才是我们最宝贵的财富。我希望这本《夕阳拾趣》能够传递出一种积极、乐观的生活态度，让更多的人感受到生活的美好和珍贵。

目录 CONTENTS

乡愁篇

小海“清明上河图” …………………………… 002
难以忘却的小海彩牌楼 ………………………… 006
小海香肚 ………………………………………… 010
小海卷饼 ………………………………………… 013
小海茶干 ………………………………………… 016
吃春卷　品春天 ………………………………… 019
春吃烫大蒜 ……………………………………… 023
吊酱油 …………………………………………… 027
小海温汤浴嘉宾 ………………………………… 030

难忘小镇拜大年 …………………………………………… 033
小海对联趣谈 ……………………………………………… 038
写文章是“吓”出来的 …………………………………… 042
送款记 ……………………………………………………… 044
我的会计生涯感悟 ………………………………………… 048
“戏说”供销社 …………………………………………… 051
“刑场”后的婚礼 ………………………………………… 054
难忘小海温泉 ……………………………………………… 056
小海镇早市 ………………………………………………… 059
小海镇夜市 ………………………………………………… 061
小海年画摊 ………………………………………………… 063
兴隆的小海粮行 …………………………………………… 065
支书卖麦记 ………………………………………………… 067
看人点汤生意兴旺 ………………………………………… 069
春游有感 …………………………………………………… 071

颂妻篇

妻的三次“降价” …… 074
老来俏 …… 077
礼拜妻 …… 079
妻子读报 …… 081
车夫的爱 …… 082
“康嗲嗲”玩手机 …… 085
老伴的“菜单” …… 089
我的两段会计情缘 …… 092
写妻“专业户” …… 097

文　集

一池莲花　满园廉韵 …… 102
那年，我在基层上党课 …… 106
醉在咸亨 …… 109
共“唱”支农二重曲 …… 111

卖菜大嫂的“生意经” …………………………… 113
贴墙纸 …………………………………………… 117
打工翁 …………………………………………… 119
俺遇上好人啦 …………………………………… 121
优秀棉检员——冯梅华 …………………………… 123

乡愁篇

01

小海“清明上河图”

元朝天历年间，小海镇的先民在镇中心开凿了一条河，这条河东起王港闸，西通东台至扬州，海和江相连，咸淡水相融。独特的地理位置和水资源，孕育出小海一方恬静的天地，催生出一片市井繁荣。

从明初到清中叶是小海煮海为盐的黄金时代，小海的盐大多是通过这条街心河运到扬州再销往各地，而后从扬州采购百货、日杂、瓷器、布匹等运回小海销售。聪明、勤劳的小海人以水兴镇，以水成市，以水得利，带动了周围农村经济的发展。“米向南，布向北”，商贾云集，买卖兴盛，小海成为大丰南部地区南北商品集散中心。

小海镇市区的形成是以河建街，街和街心河平行呈东西走向，河两岸的房屋依河傍水，鳞次栉比，百年垂柳掩映其间。东西两座带护栏的木桥横跨河上。河中不时有渔船经过，鸬鹚钻入水中捕鱼……其格局可与苏州周庄相媲美。

小海街以街心河北岸东桥至西桥约一公里地段为繁华市区，俗称“行门口”。路面用黄条石铺砌，路肩用小青砖铺成，石下是阴沟下水道，以供排水用。两旁的店铺一家挨着一家，青砖黛瓦，铺面大多有挑檐，这里自然就成了过往行人遮风挡雨的地方。店铺大多是敞开式店面，都是用木板门，早晨开店卸去门板，柜台就沿街而立，与顾客靠得很近，有的货摊、货架也是敞开的，方便顾客挑选。

清晨的“行门口”可真热闹，那些来自各村的农民和商贩纷至沓来，有的用“狗头车”（木制独轮推车）运送稻谷到粮行；有的肩挑沾着露水、带着泥土的新鲜蔬菜沿河设摊；有的提着鸡、鸭流动叫卖……此时，沿街的九如茶馆、刘加贵八鲜行、迎宾酒楼、天寿堂药铺、四美酱园等商铺纷纷开门迎客。特别是逢集或节庆，四乡八邻农民齐集镇市，摩肩接踵，人山人海，热闹非凡，本来就狭窄的街道显得更加拥挤。在人流中手持托盘卖肉包子的、卖米团的大声吆喝叫卖，整个街市人声鼎沸，盛况空前。

这时候就连街心河也变成了一条“街”，两岸靠满了做生意的货船，河中心大小船只犹如车水马龙，来往穿梭。每天都有小木船驶来，载着刚刚捕来的鲜鱼活虾，靠岸后沿岸设摊，渔家姑娘用甜甜的乡音叫卖起来。停靠在北岸的宝应藕船，船头上煮藕的大锅里热气腾腾，藕香扑鼻。女老板头梳得光溜溜的，光着脚，站立船头用浓重的宝应话大声吆喝：“滚热的藕，喜烂（音）的，来尝尝。”从此，小海流传了一句歇后语“宝应人卖藕——喜烂（音）的”。在西桥下有一大木船是从扬州过来的，船上装满景德镇产的瓷器，有各式花瓶、勾金瓷碗、精致盘碟，品种繁多。因是易碎品，岸上出少量样品，船老板站在船头迎接顾客上船挑选，岸上水上交易相连。

清朝乾隆年间“扬州八怪”之一郑板桥，一次前来小海探望亲戚康家老人，在表兄的陪同下逛小海街时，深有感触地说道：“小海镇是河在街中，街在河里，犹如《清明上河图》的一角。”

原载《大丰日报》2021 年 11 月 6 日

难以忘却的小海彩牌楼

每当国庆、元旦、春节来临之际，我都会联想到老家小海在 20 世纪 80 年代之前庆祝节日的盛况。

记忆中，在喜庆节日到来前，小海镇总要举办各种庆祝活动，最能显示出节日气氛的是搭建彩牌楼（俗称园门）。彩牌楼是中国传统牌楼的一种。牌楼分为木牌楼、琉璃牌楼、石牌楼、水泥楼和彩牌楼五类，前四类一般是长期固定较大的装饰建筑，而彩牌楼则是一种临时性的装饰物，是喜庆、纪念等活动中用竹、木搭建而成，并用花、彩绸、柏树枝装饰的牌楼。

节日前几天，小海镇各单位搭建彩牌楼已成为传统的习俗。那时，小海轧花厂、粮油厂、供销社、农具厂、食品站等单位都在大门前相继搭建彩牌楼来装扮节日。在小海最有代表性的彩牌楼要数东桥口（十字路口）搭建的一座大型跨街彩牌楼，材料由各商铺提供，竹货行运来毛竹并负责搭建竹架，日杂店用大红纸扎数百朵红花，篾匠店制作牌楼篾制装饰，扎匠铺糊匾额……

施工中，师傅们在街心四角各竖起两根毛竹竿，搭成立柱四五米高，又用毛竹把四边的立柱连接，扎成四面门楼台，楼台下门洞畅通，无碍大街上人们行走。柏树枝从小海东园柏树林采集而来。能工巧匠们将柏树枝用铁丝捆扎在竹竿骨架上，再在扎好柏树枝的立柱四周扎上长彩绸和手工纸花。此刻，绿意洋溢之间，红花点缀，彩绸轻扬，色彩缤纷，生机勃勃。篾匠们又将长方形竹匾镶入四个门框上方，上面写着“庆祝国庆”。接着在两根立柱中间挂上篾制条屏，如“红日吐辉，伟大祖国更兴旺；江山多娇，锦绣前程倍光明”“江山春色娇艳，祖国前程辉煌”“民安国泰逢盛世，风调雨顺颂华年”等意气风发的对联。

搭完竹架，铺满翠柏，系上彩绸，扎好红花，彩牌楼基本完工。最后一道有点睛作用的工序，那就是添彩。用电站的电工们裤腰上系着工具带攀上爬下的，腰带中的老虎钳、电工刀不时碰击着大腿，电线沿着牌楼的轮廓绕了一圈，一个个灯泡挂在翠柏间。当时灯泡的颜色没有现在这么丰富，只是家用透明的白炽灯，最多也就是乳白色的“奶油灯泡”。但电工们想方设法，在简单透明的白炽灯泡上涂上各种颜料，分门别类，按颜色间隔排列，有红的、黄的、紫的、蓝的、橙的等。而后在彩牌楼中央装上一盏电动“走马灯”，有四匹马在灯内旋转，十分引人眼球，至此整个彩牌楼也就大功告成了。

夜幕降临，高音喇叭响了，大丰广播站开始广播，前奏曲：“五星红旗迎风飘扬……”此时，彩牌楼的灯泡亮了，马灯转了，在绿枝红花的映衬下，显得分外妖娆，五颜六色十分喜庆，配上灯光的彩牌楼似乎充满了灵光，变成了真正的彩牌楼。彩牌楼门框的匾额上“庆祝国庆”四个字在彩色灯光的簇拥下，映成了五色斑斓，特别耀眼。顶上的五星红旗和彩旗在微风中高高飘扬。于是，平时晚上很清静的街道顿时热闹起来，人们走出家门，扶老携幼，一拨又一拨的，纷纷前来驻足观赏。本来就显得狭窄的小街水泄不通，人头攒动。人们来来往往，欢欢喜喜，热热闹闹。彩牌楼把整条街的快乐连接起来，把小镇的美丽也彰显出来。

原载《大丰日报》2021 年 12 月 11 日

小海香肚

我家原住在小海镇，紧邻张绍宽小海香肚作坊，因此我对香肚的制作很了解。张师傅做卤菜，已经近四十个年头了，因得益于祖传秘制卤汤，加之手艺精益求精，每道工序从不马虎，做出的香肚堪称“一绝”。张师傅每天把几十斤肥瘦相间的猪后腿肉绞碎，放入大盆内，加入姜末、葱花、盐、酱油和味精，再放入蚕豆粉搅拌让肉馅和淀粉充分融合，肉馅结合后，再洗好猪小肚（猪尿泡）将和好的肉馅塞入小肚内，慢慢形成一个圆形，然后用牙签封口，再用棉线扎封口，扎好后浸卤，用炭火加热，约煮上两个小时出锅。打开木质锅盖，卤香扑鼻，令人食欲大开，每天顾客盈门，生意兴隆。

由于小海香肚制作的主料是猪肉及其他配料，成本较低，售价也不高，可谓价廉物美，为普通百姓家常所用，是佐餐下酒的佳品。20 世纪 70 年代末至 80 年代初，那时物资匮乏，食材稀少，一般寻常百姓家庭请客，冷菜只能用“大拼盘”，在一个搪瓷大盘上装烫大蒜拌茶干，四周摆一圈小海香肚，上面用油炸花生米点缀，这便是冷盘，这一冷盘一直沿用了十多年。随着时代的发展，人们生活水平的提高，大拼盘“落伍”了，已改成小碟，但小海香肚在小碟中仍起到“主角”的作用。目前，在大丰各大小酒店，不管是高档筵席，还是普通聚会，冷盘无论是八碟还是十碟，都少不了小海香肚这道名菜。席间有不少外宾、贵客品尝到小海香肚这道菜时都赞不绝口，称这是大丰的“特产”。

近年来，小海香肚极有名气，周边乡镇乃至一些大中城市的人都慕名而来购买，传统的现做现卖已赶不上顾客的需要，包装提高了档次，增加了真空包装，并配制精美的礼品盒。销售采用多点供应、预约订购、网上销售等形式。小海香肚由于风味独特，名闻遐迩，2016 年中央电视台第七频道《乡土》节目前来拍摄。2020 年列入第五批市级非物质文化遗产。

小海香肚历史悠久，香肚内裹进了百年卤香。1921 年 11 月 21 日，张謇为浚治王家港，参加王港开工典礼，途经小海时，由小海市议会议长康伯瑚等官员接待，闻康伯瑚父亲康滋甫百岁寿辰，欣然参加寿宴。张謇入主席，十碟已摆好，按照小海的习俗，香肚所放之处即为首席，客人所坐“独居尊”。这句话形象地道出了香肚在菜肴中的地位、特色。开席后，张謇先品尝了一片小海香肚，慢慢地咀嚼，轻轻地回味，非此寻常的韵致。便问议长康伯瑚：“此冷肴何称呼？”康笑着回禀：“系地方土特卤菜，名小海小肚。”张回味，抚髯微笑道：“该小肚以香味出众，应称‘小海香肚’。”小海香肚由此得名。席后，张謇挥毫书寿联“九如欲使川方至，百岁还看日正中”以贺。康家非常感谢。

原载《大丰日报》2020 年 11 月 28 日

小海卷饼

我的老家小海有一道传统的“土菜”——卷饼。只要家中有客人，餐桌上少不了这道菜。卷饼馅的主料是蛤子，一年四季都可以吃，但唯独春天吃卷饼别有一番滋味，最好选择在清明节前后油菜花盛开的季节。俗话说：“三月菜花黄，蛤肉赛蟹黄。”此时，黄海之滨的特产蛤子，肉质肥美、汁水鲜嫩，这个季节吃卷饼正当时。

卷饼家家会做，做法各有不同。卷饼虽是一道“土菜”，但从食材采购到每道制作工序，再到最后菜品的分享都是大有考究的。我对卷饼的制作情有独钟，我用心、用情来做，多年来儿孙们喜欢吃我做的卷饼。一张卷饼卷进了春天的温暖，更卷进了我对家人的挚爱和祝福。

首先食材的采购：蛸子选择鲜活、水量足、色泽红、泥沙少的上等品；猪肉选择新鲜的里脊肉；韭菜选择本地露天长的头茬小红根韭菜；豆腐选择卤水点的小磨豆腐。食材购回后，蛸子的加工较为复杂，蛸子又叫泥蛸子，素有天生的“泥瓦匠”之称。第一步必须“吐沙”，将蛸子放入盆内加水，用食盐勾调，时间约为4—5小时为宜。然后用刷子洗至壳发白。清水洗净后放入锅中烫，蛸壳略张开随即取出剥壳，将蛸肉放入淘箩中洗遍，直到无沙为止。这道工序十分重要，如果洗不干净，吃起来会牙碜。接下来，将洗净的蛸肉倒入锅中，加入葱、姜、少许黄酒，爆炒盛起备用。

烩馅心时将四样食材一起放入锅中，加入开水烫蛸子沉淀后的汤水，这一道工序很关键，此汤水原汁原味，是蛸子的精华，起到提鲜的作用，也是这道菜的灵魂。最后用水淀粉勾芡，大火烧开收汁，至此馅心完成。

摊卷饼皮子也是一个细巧活。温开水调面粉，用筷子在盆内搅动，直至发酵效果最好。摊卷饼皮，我喜欢用平底锅。在碗中倒些水，再加点食用油，用刷子蘸点油水在热锅中一刷，舀一勺面糊倒入锅中摊开，熟后摊在一个大盘子上。每摊一张刷一次油水，听到那油水的炸声和闻到摊饼皮的香味，会让人沉浸在淡淡的乡愁之中。此时，小孙女到厨房来回观望，她等的是一张小摊饼皮，摊到最后粘在盆子上的面糊只够摊一张小的，所以每次她最喜爱的就是这一张小摊饼。

餐桌上的小盆馅心热气袅袅，鲜美之气扑鼻而来，用调羹舀馅心放在皮子上卷好，轻轻咬一口，嚼起来满口飘香。慢慢回味，有蛤子的鲜美、有韭菜的开胃、有豆腐的豆香、有猪肉的滑嫩。在子女们多次“邀请”下，我草草收工“入席”。妻子拿出儿子、媳妇去浙江旅游时带给我的“孔乙己”牌绍兴黄酒，我一边品尝卷饼，一边喝着小酒。卷饼配黄酒那口感是绝配，天赐口福。醉意中忽见孔乙己身着青布长衫，左手持一杆长烟袋，右手托一小碟“茴香豆”，飘然而至我面前，略施一礼，曰：“康公，茴香豆换小海卷饼耶？”我随即以两张卷饼回赠。不久，孔乙己意犹未尽，继续想要，我乜了桌上一眼，只剩下一张了，说道：“多乎哉？不多也……”

原载《大丰日报》2021年3月6日

小海茶干

清晨，当你穿梭在小海的大街小巷，经常听到这样的方言吆喝：“小海香干，下酒下饭。小海香干，下酒下饭……”乡音悦耳，那是味蕾的记忆。

小海镇已有七百多年的历史，自古就有做茶干的传统，街心河穿镇而过清波荡漾，黄条石路纵横交错，遍布乡里的豆腐坊热气蒸腾，制成的五香茶干色泽酱红、五香回味，薄薄的一片韧性十足，对折也不断，咬起来有弹性嚼劲。

小海有句谚语：“进了海西庄，闻到茶干香。”可见其味香沁人。海西村是小海茶干的盛产地，这里物产丰富，勤劳智慧的海西人对于美食总是不断探索、精益求精。海西村 1 组有一个叫陈天和的老师傅，今年 70 多岁，做豆制品已有50多年了，因得益于祖传秘制酱油，道道工序把关从不马虎，做出的茶干堪称“一绝”，每天顾客盈门，生意兴隆。

据了解，陈师傅的茶干能够保持五十多年经久不衰，秘诀之一在于选料考究，同时秉承传统加工工艺程序，精工细作。其制作茶干的工艺包括拣豆、浸豆、磨豆、扯浆、套浆、煮浆、点卤、制坯、包坯、压榨、剥坯、煮制、包装等工序。每道工序的技术要求、卫生标准都非常高。比如煮开的浆入缸时，要坚持“过筛”，去除飞渣，提高豆浆纯度，这样制出的茶干韧性强、耐煮制。点卤更是一项较强的技术，每次都由陈师傅亲自掌勺，一边持壶倒卤，一边轻轻地用勺划来划去仔细观看豆脑凝固的花纹，点的豆脑既不能嫩，又不能老，这是决定茶干质地的关键。这一系列的工序，只有技术娴熟才能浑然天成。茶干初步制作成型后，陈师傅先配以秘制酱油，再配以桂皮、茴香、丁香、冰糖等调料，花四个多小时慢煮，经过悉心调色，达到仔细入味。

出锅后，此时的茶干口感筋道，回味悠长，百吃不厌。

这越嚼越香的古法茶干，不但是美味零食，还能入菜。其食用方法甚多，既可冷食凉拌，也可荤烩素炒，四季菜肴均可配用，别有风味。如选用水饺馅、春卷馅更加香味独特。拿它炒菜，用青红椒丝、鲜蔬菜等爆炒，十分开胃，视为震慑灵魂般美味。小海人还有一个饮食习惯，大多数人家都喜欢这一道土菜——“茶干拌大蒜”。尤其是用晚餐时大蒜一烫，茶干一拌，既方便，又实惠，口感又佳。就是有朋友来小酌也拿得出手，再配以酱生姜、油炸花生米、香肚等，十分下酒。

原载《大丰日报》2022 年 2 月 19 日

吃春卷 品春天

春卷是中国民间的一种传统食品，流行于全国各地，在我们苏北地区也很盛行。

春卷何以得名？据说宋时福州有个书生，为了温书应试，整天埋头攻读，常常废寝忘食。他的妻子三番五次劝他也没有用，就想到个办法，把米磨制成薄饼，以菜肉为馅，包成筒形，既当饭，又当菜。这种小吃后来定名为春卷，并逐渐流行于城乡各地。

时光变迁，春卷在一代又一代的中国老百姓手里不断变化着模样，现在的春卷皮原料已改成面粉了。

春卷的馅儿是其精髓所在。馅儿配制因各地的饮食习惯、食材特色有所不同，所以做出的春卷也不是一个模样。

如馅儿的主料有的用荠菜，有的用韭菜，还有的用豆芽、蘑菇等。喜爱吃甜的也可包豆沙。在大丰，大多数人家还是喜爱用荠菜做馅儿。

吃春卷是我们家的一大喜好，自己动手做春卷才体会到“卷”春的诗意和家的味道。

星期天清晨，老伴去菜市场买了一大包露天荠菜、肉、春卷皮回来。那荠菜沾着露水，带着泥土，又肥又嫩，新鲜翠绿，我看后夸赞是“内行”买的。“老婆演讲堂，开讲了！”她说，“早春的荠菜最肥嫩多汁，既保留了越冬而储备的浓郁醇香，又吸收了新春的雨露和阳光，这个时候用它做春卷正当时。”我听后还真长了点知识。

老伴安排我拣菜，并要求把荠菜上的老叶、烂叶摘去，这点轻工巧活对我来说还是能完成的。拣好后，她用清水洗干净，焯水挤干水分切碎，装入盘中备用。

食材准备好后，将肉丝入锅，用油在旺火上煸炒至七成熟，加酒、酱油、盐、味精和水，放入茶干丁，用湿淀粉勾芡，待烧开后起锅，装盘摊凉。再将切好的荠菜撒入炒好的肉丝中拌匀，馅儿也就完成了。

接下来就是包春卷了，这次我们家把它作为一次家庭实践活动。老伴先做示范操作：在一小盘子上放一张春卷皮，用调羹放上一长溜的荠菜馅，卷起两端，从一边卷起，卷成长约二寸五分长、八分宽的小长型包，用手指蘸点蛋液封口。此时，一根俏生生的春卷，在老伴手中成形。上初中的小孙女也参加了，初次实践，她边卷边问，第一根包得一头粗、一头细，像根胡萝卜。第二根中间凹、两头翘，像个“金元宝”。第三根才掌握了要领，包得四角平整，用她自己的话说像个小枕头。

炸春卷是一项技术活，每次老伴总是亲自动手。她选用菜籽油，这样炸出的春卷颜色才更加金黄，有着生活的烟火气。春卷入锅时，要掌握油温，慢慢浸油，滚烫的油锅里，渐渐响起“嗞啦、嗞啦”的轻吟，是春卷“闹春”吧？只见她动作娴熟，用筷子不断翻动，约两分钟后春卷两面金黄，便捞起装盘。

一大盘春卷端上桌子，空气中弥漫着香气。全家围坐在一起，夹一个，咬一口，外皮酥脆，馅儿香喷喷、热乎乎的时候最好吃，烫口也不怕。蘸点醋调味，细细回味有荠菜的鲜美、猪肉的嫩滑、茶干的豆香，弥漫着家的味道，春卷是一种味蕾上的春天。

原载《大丰日报》2022年4月9日

春吃烫大蒜

小海镇老街行门口有一条街心河呈东西走向，河南边的大沈公路两侧是两块风水宝地，公路东称“东园”，公路西称“西园”。这里阳光充足、雨水充沛、土壤肥沃，是种植蔬菜的理想之地。

勤劳、智慧的菜农精心和土地打交道，深耕细作，终日在“盘”蔬菜。长期以来小海产的蔬菜在大丰市场上是很出名的，尤其是红皮大蒜、苏州青青菜、绿根莴苣、嫩药芹等品种，深受顾客青睐。

俗话说：“一方水土养一方人，一方人爱一方物。”当下早春正是大蒜生长的“青春期”，此时吃大蒜正当时，别有一番滋味。周末，我从市场上买了一小捆红皮大蒜，再买几块茶干带回家，尝尝春天的味道。首先剪去大蒜的根须，撕去紫皮，洗净备用。锅中水烧沸后先将大蒜的茎下锅，而后再将叶子入水，用筷子翻转，待茎部由硬变软后分批捞出，先捞细茎的，后捞粗茎的，摊放在大盘子上凉一凉，再把茶干放在锅中烫一下。烫大蒜的过程很关键，烫的时间短了，大蒜不熟，切出来硬的，吃起来辣味呛口，也不入味，大蒜味留在嘴里难闻；如果时间烫长了，大蒜由绿变黄，拌出来不好看，吃到嘴里烂烂的，味道就变差了。所以说别看烫大蒜简单，实际上要掌握“火候”，才能展现出它的“风味”。

大蒜烫好后切成半寸长，茶干切片装盘，用酱油、麻油拌，摆一转油炸花生米，再用鲜生姜丝或酱生姜点缀，这样一盘家庭式拼盘就算完成。

烫大蒜由于食材价廉物美、制作简单，是小海人家餐桌上常有的一道菜。但它也伴随着时代变迁在不断“丰盛”起来。曾记得，20 世纪 60 年代初物资匮乏，粮食紧缺，普通百姓经常吃烫大蒜，既当菜又充饥。70 年代初物资有所好转，烫大蒜装盘有了茶干、油炸花生米来做配料。如果有朋友一起小酌，下酒菜就是烫大蒜。那时小海饭桌上有一句顺口溜："茶干拌大蒜，花生米子摆一转，大丰粮酒尽你灌。"这就是当时生活水平的缩影，一直到20世纪80年代初才渐渐提高，那时烫大蒜的食材有猫耳朵（油炸膨化食品)、皮蛋、香肚、猪肝等。随着时代的发展，物资更加丰富，现在的食材五花八门，应有尽有。如香肠、香肚、罗皮、皮蛋、牛肉、口条、咸肉片、猪肝、腊鸡腿……大丰的"什锦拼盘"还成为一道亮丽的名片。

我对烫大蒜情有独钟，喜爱吃，也喜爱烫，所以我们家餐桌上经常有这道菜。一次，大孙女问我："吃了多少年的烫大蒜?"我说："我是吃烫大蒜长大的、到老的。"

我现居大丰城区一隅。春节过后，有朋友从小海老家带来一捆红皮大蒜，我欣喜笑纳，这是我的"私好"。择五六根大蒜一烫，再烫一张百叶丝，放十几粒油炸花生米，搛一筷扬州产"四美"牌酱生姜，用酱油、麻油一拌。泡上一壶龙井茶，我坐在餐桌前喝一杯清茶，淡然入口，搛一筷大蒜慢慢细嚼、品味。蒜蓉汁黏黏的、滑滑的，一种独特的蒜香在口腔中扩散，沁入了我的五脏六腑，散发到全身，我陶醉在这份美好的时光里。味蕾深处是故乡。这就是乡愁，春天的味道，大蒜的味道，小海的味道。

原载《大丰日报》2024 年 3 月 16 日

吊酱油

20世纪60年代初，由于三年严重困难等因素，导致粮食歉收、绝收，老百姓普遍缺衣少食。国家对城镇居民实行粮油定量供应。普通城镇居民的粮食供应量是每月定量24斤，其中：细粮米5斤，干面5斤，剩下供应大麦片、山芋干、豆饼等，除此还有半斤豆油。这样的供应量肯定是远远不够吃的，只有用“瓜菜代”，设法填饱肚子。

在那种物质贫乏的环境下，每家每户过日子唯有精打细算，一个铜板掰成两半花。我母亲是个会过日子的好手，她总能把贫瘠的生活过得有滋有味。每天我家餐桌上“瓜菜代”的品种总比其他人家多。就连吃的酱油也是自己家加工的。

首先让家里的小孩，拿一角二分钱到酱园店买回一斤黄豆酱，接着在锅中加适量水，烧开后小火慢慢烧，让它充分融合几分钟，再按比例加入适量的盐和味精等调料。这道工序很关键，因为调料用量的多少，直接关系到酱油的口感。老人家是“厨艺高手”，调出的酱油口感足以与酱园店的酱油相媲美。

等豆酱汤烧好后需要过滤，俗称“吊酱油”。首先利用家中做蚊帐剩下的蚊帐布，缝成边长 3 尺的正方形，再把四角用绳子系起来，仿照豆腐坊扯浆用的袱子，将烧好的黄豆酱汤装进去，吊在空中过滤，下面放一个盆子，流下来的便是香飘飘的酱油。最后找几只空玻璃酒瓶装满，四瓶约有四斤酱油，老人家称之为“头抽”。第一遍酱渣自然是舍不得倒掉的，仍可以继续倒少许水加工，烧开后再加盐、味精等调味。但是，这次水只能减半，因为第一次酱的原味精华已经抽掉了，只是下脚料再利用，也能加工出 2 斤量的酱油，口感稍次一点，所以老人家称之为“二抽”。

一斤黄豆酱可加工 4 斤“头抽”，2 斤“二抽”，每斤成本只有二分钱很实惠，名副其实的“物美价廉”。在使用中，为了不让等级混淆，我用粉红色广告纸裁成小方块，在四周画一方框，用毛笔在框内写上“头抽”“二抽”，在下方写上“老太酱醋坊酿造”，像商标一样分别贴在瓶子上，为此还觉得挺有成就感。有时我还把加工好的“头抽”分给朋友、同事，他们都乐于接受并表示谢意。这一土制酱油加工了近十年时间，随着时代的发展后来逐渐被淘汰了。

时光飞逝，如白驹过隙，一转眼 60 年了。再看看今日，我家厨房灶台上调料品有十多种，仅酱油就有四五种：头道香酱油、特级生抽、鲜味老抽、黄豆酱油、红烧酱油等。20 世纪 60 年代初普通老百姓吃不起酱油，如今酱油可谓种类繁多。

我们这些“40 后”是时代的见证者。仅从小小酱油的变迁，就可以看出我们伟大祖国翻天覆地的变化，人民生活水平的飞跃提高。

原载《大丰日报》2021 年 10 月 9 日

小海温汤浴嘉宾

在美丽的黄海之滨大丰县（现盐城市大丰区）小海镇东四公里处有一温泉，名字就叫小海温泉。这里气候宜人，冬暖夏凉，林木葱郁，农田阡陌纵横，河流曲绕，步入其中，如入仙境。

不久前，我来到了令人神往的小海温泉。经主人介绍，小海温泉发现于1961年春天，是华东石油勘探队钻探留下了一直径10厘米的钻井，水从钻井不断涌出。当时泉深1741米，水温50摄氏度左右，日流量76吨。

1963年经江苏省卫生厅等6个有关单位联合组成调查组鉴定，泉水含有多种硫化物、碳化物、锰、镉、铁等20多种化学成分，对牛皮癣、湿疹、神经性皮炎等多种皮肤病，以及风湿性关节炎、原发性纤维组织炎等疾病有较好的疗效。30 年来，泉水潺潺，经久不衰，可谓当地一绝。经南京大学鉴定，小海温泉的水质比汤山温泉和东海温泉要好，是国内少有的优质温泉。慕名前来治疗的有上海、北京、安徽、浙江、山东、贵州、内蒙古、新疆等省、市、自治区的患者约五万多人次，经两三个月的浴疗和药物辅助医疗，大多数人的身体康复和好转，重返工作第一线。已收到全国各地寄来的感谢信和锦旗数以千计。

小海温泉现有男女大小健康池 81 个，男女患者池 4 个，一年四季，天天开放。还有许多附加设施，有 200 多张床位的招待所，有食堂和百货商店，有大会堂和会议室，有电影院和电视室，还有其他服务行业进驻这里，是疗养、度假、开会、学习的好去处。一位曾在盐阜地区工作过的军区首长浴后即兴挥毫写下“盐阜第一汤”，这是对小海温泉最好的赞誉。

随着改革开放政策的深入，小海温泉水的价值越来越被重视，近年来大丰县人民政府多次决定对小海温泉开发利用，投资扩建浴池。1989 年大丰县供销合作总社等单位投资38万元，已建成628平方米的浴池，它集住宿和沐浴为一体。主人邀我下榻在“小雅座”，客房住宿条件设施一流，舒适安逸，泉水直通卫生间，拧开浴缸的水龙头，看着热气腾腾的泉水溢满浴缸，闻着带有硫黄味的水气，我真正陶醉其中了。当我冒完一身透汗钻出浴缸，擦干身子，感到心旷神怡，一天的劳累荡然无存。

最近，大丰县人民政府又计划集资100万元，扩建温泉第二期工程，准备建成一个花园式的疗养所，它将作为盐阜地区的旅游点和疗养胜地。

朋友，您如有机会到大丰来，请别忘了到小海温泉来一游，“盐阜第一汤”热情地等待您，让您尽情地享受。

原载《盐阜大众报》1990年9月22日

难忘小镇拜大年

春节里人们互相拜年，除了亲情的互动外，还有“官方”拜年、“民间”拜年。

20世纪五六十年代小海镇政府为做好拥军优属、拥军爱民，每年在春节前总要召集镇文化站、广播站和有关单位研究部署春节的慰问活动。

腊月二十八这天拜年的序曲开始了。首先由镇政府工作人员带队向军烈属拜年，礼品是一封大丰县人民政府《给全县军烈属春节慰问信》，小海镇政府发一副对联、二斤猪肉。一行人来到现役军人张军家送“二等功”喜报，张大爷乐滋滋地放鞭炮表示欢迎、庆祝。锣鼓一停，二胡、笛子伴奏，高歌一曲《南泥湾》获得阵阵掌声。接着小李说快板："竹板一响我来夸，说说军属张大妈，送儿参军保国家，立功受奖戴红花，光荣军属人人夸……"张大妈笑得眼睛眯成一条缝，端出一盘糖果，发给每人两块大白兔奶糖。

大年初一，镇广播站的高音喇叭播放着《春节序曲》，人们穿着新衣走出家门，脸上喜气洋洋，互相祝福。

上午八点半踏街开始了，彩旗开道，一块"向全镇人民拜年"的匾额在阳光照射下闪闪发光，锣鼓、乐队、花担、荡湖船、高跷、莲湘……沿街而来，在唢呐《步步高》乐曲声中巡游了小街一圈，来到东桥口彩牌楼（园门）下表演。花担首先登场，花担筐子外层用花布围，四周边框用各色纸花装点，担面的花有百合、牡丹、向日葵、玫瑰等，寓意着富贵、喜庆、吉祥。扁担用彩色绸缎包扎，点缀流苏，小巧精致。挑花担的旦角，是两名面容姣好、身材窈窕、梳着长辫子的小姑娘，挑起花担晃悠晃悠得十分优美，手持红绿彩巾在音乐节奏中甩来甩去，跑着前后步，时而靠近，时而分开，边演边唱。前面有一男丑角领队与花旦对唱江苏名歌《茉莉花》《杨柳青》等。

最为引人注目的是荡湖船，它的框架是用青竹子扎成的，再用彩纸、彩带装饰。船虽小，却有船篷、船舱，船舱前有副对联，上联是“国富民强”，下联是“人寿年丰”。船帮四周画有水浪、鱼贝，再加上流苏荡漾，华丽精巧。

船舱中站着一个妙龄少女叫“船娘”，她上身穿绲边碎花红布衫，下身穿绿色彩裤，头插大红花，眼睛上戴一副墨镜，给人一种愉悦神秘的感觉。撑船的人称“艄公”，是一个小丑角，腰束红腰带，头戴破草帽，反穿旧皮袄，手持长竹篙，身插芭蕉扇，一撮山羊胡，颇有滑稽幽默感。他把那花船撑得栩栩如生，跳起来像在风浪中颠簸，停下来风平浪静。船娘唱的是《送郎参军》《天涯歌女》《四季歌》等，她每唱一段，“艄公”总要伺机插科打诨说上几句幽默诙谐的话，观众笑声掌声不断。

正月初五是财神日。这一天小镇各行各业都纷纷开门迎客，商贾首先放鞭炮增添喜气，接着敬斗香迎财神，祈盼生意兴隆、新年大发。

“跳财神”是小海的民俗传统，小海街河西有一个祖传跳财神的民间艺人叫陈二，高挑的个子，有点功夫，扮演的财神活灵活现。上午八点多，陈二上街拜年了，只见他身穿大红袍，头戴嵌有金黄色边的“相帽”，怀抱一颗“金元宝”，小街上的人纷纷涌过来观看，陈二站在杂货店门口说了一套祝福语，然后进入店堂内跳起财神舞，手东一抓、西一抓（抓元宝），他将要把元宝献给店老板时，门外观众起哄道：“滚一个，滚一个。”陈二立刻卧倒，从门槛向店堂内滚去，口中念念有词：“财源滚滚来，财源滚滚来。”众人大笑连连叫好：“恭喜大发财，元宝滚进来。”店老板乐得合不拢嘴，赶忙从抽屉内抽出一张大钞作为酬劳。

隔壁是茶食店，陈二又演出了一遍，哪知道这家店老板十分精明，他把钞票插在屋檐上的瓦缝中，只露出一半。当演出结束时，老板不慌不忙地走出店堂手一指，陈二见状，一个箭步窜上去，两指将一张大钞取下来，围观的老少齐声高喊：“好功夫，好功夫！”陈二洋洋得意地走了。

一次，有人问陈二："跳财神后，钱插在瓦缝中，你怎么拿得到的?"他笑着回答："我鼓足勇气，一上就上。"至此，小海街上又多了一句歇后语"陈二跳财神——一上就上"并流传至今。

原载《大丰日报》2025 年 1 月 11 日

小海对联趣谈

古镇小海地理位置优越，拥有丰富的自然资源和深厚的文化底蕴，七百多年的古韵文化孕育出一代又一代的杰出人才。

民俗是小海传统的文化事项，尤以对联为特色。在民间，对联起到启迪世人、祈祷吉祥、鞭笞邪恶、广告宣传、传承红色基因等作用。

民国初期，小海镇街北首（现小海小学东侧）有座寺庙，飞檐翘角、画梁雕栋、金碧辉煌、气势恢宏，飞檐下高悬着一块“北阁”的匾额（又称北斗坛），令人肃然起敬。殿前香烟缭绕，香客络绎不绝，盛况空前。一次，一位才子出了一副对子，上联曰“来北阁拜北斗百人百姓”，诚征下联，一时无人对答。小海镇东桥口一南货行的账房先生想到本行的进货流程，激发灵感，答出下联为“去南京办南货难来难往”。此联对得十分工整，体现了当时小海的市井繁华和老百姓安居乐业的祥和景象，同时反映出去南京办事千里迢迢、交通不便的窘境。

据传，新中国成立前小海街上有一位叫王富贵的财主，他的家产号称“半条街”，此人不学无术，胸无半点墨，自视清高。一次财主与一个穷秀才“斗气”，二人约定春节写对联比试高低，并约法三章：一是不准侮辱对方。二是要把各家的财力写出来。三是谁输谁请客吃饭。春节到了，大年三十那天财主贴出对联，上联是“财源如流水”，下联是“元宝垒成山”。大年初一财主吃过圆子，放好爆竹，带领家丁直奔街西秀才家，只见大门对联的墨迹在太阳的照射下闪闪发光，财主装着满腹诗文的样子，高声吟诵：“我穷归我穷，你富由你富。”还未转过神来，一家丁说：“老爷，不对啊！”财主睁大眼睛，哎！脚一跺灰溜溜地走了。这一“穷秀才智斗王财主”故事流传至今，成为几代小海人茶余饭后的笑资。

1961 年，小海镇东五公里处有一口温泉，水质具有较高的医疗价值，闻名遐迩。不少文人墨客前来洗浴疗养，给温泉留下不少诗画、题词，为温泉增添了光彩。一次，苏州诗画社一行十二人来小海温泉采风，听闻小海有位老者出了一上联“小海温泉流白水”，求下联。诗画社中一位银发老者沉思片刻，答曰“虎丘晓岚起山风”。此联对仗工整，寓意深刻。历史上“洪武赶散”，苏州与小海就有亲缘关系，联对妙语，小海对虎丘，把小海与苏州的关系拉得更近了。

古镇小海商贾云集，店铺相连，百业繁荣。各行各业春节前都要请人写对联来装饰街市，营造节日喜庆的氛围。

徜徉在大街小巷，各门店的对联门类齐全、各有特色。小桥河西刘勉祥豆腐店对联：“玉屑凝成精制品，银浆结出豆腐花。”西桥口朱新民烧饼店对联：“皮薄馅足饼金黄，外脆里酥口留香。”行门口张绍宽香肚店对联：“百年秘卤制，千人闻香来。”大街南侧朱元茂理发店对联：“操天下头等大事，看老朱手段如何。”来到东桥口单世繁肉店，门口对联写着：“细皮嫩肉膘水好，兼肥搭瘦斤两足。”再看东桥口向北天寿堂药店，对联为：“但愿世间无人病，不惜架上药生尘。”最后看到东澡堂对联：“共沐一池水，分享四时春。”

据记载，清朝小海有位秀才叫夏文镐，廪膳生，有才学，功名之人。民国初年小海小学的校歌就是他撰写的。有一次两个后生想试试镐爷的才学，让镐爷对对子，上联曰“品泉三口白水。”镐爷抚髯微笑曰：“竹蛏两个圣虫。”既工整，又讥讽了两人，众人称道。

镐爷的嫡孙夏世泉也是一位学者。早年参加革命，他曾蓄长须隐姓埋名为我党做事，当时人称夏胡子。后经组织安排返回故里从事教育事业，传播革命思想。1941 年在小海万盈墩（万盈原属小海）筹建“天池”小学，筹建时作一副对联作为办学理念，上联是“天高万重山，用马列主义理论培养革命骨干”，下联是“池蓄四海水，以无产阶级政治教育英才接班”，取联首“天池”二字为小学校名。为传承红色基因，赓续红色血脉，万盈镇用“天池”二字命名的，有天池村、天池桥、天池湖度假村。

原载《大丰日报》2024 年 1 月 20 日

写文章是“吓”出来的

发小老王问我：“你年轻的时候，喜爱写作，后来岗位变动没有时间写了，现在怎么又突然写了?”“洋博士”老杨文绉绉地曰：“刷‘存在感’呗。”“老顽童”老张眉飞色舞地说道：“这是最后的‘疯狂’!”“刀子嘴”李姐赶忙插话：“他呀，他是‘回光返照’。”话音刚落，满堂大笑……

事情的原委是去年初我去人民医院体检，体检报告单上有几项指标“箭头”向上，属于超标不正常。医生看后嘱咐：“年龄偏高，要适量活动，饮食清淡，多与外界接触，特别要多用脑子，防止痴呆。”听到“防止痴呆”，我顿感压力很大。为了给我思想上减“压”，儿子、媳妇带我和老伴一起去苏州、杭州旅游。并要求我走出去打打牌、跳跳舞融入社会，参加集体活动。

起初，我尝试打牌。由于对打牌不感兴趣，加之反应慢、牌技差，场场输，在牌场上获“老书（输）记”称号。打牌不行改跳舞，还别说音乐一响心情舒畅，浑身来劲。但记性差，手脚不灵敏，跳广场舞跟在舞友后面显得手忙脚乱，像个“机器人”。

既然打牌不是我的强项，我也不是那块跳舞“料子”，我想动动脑筋写写东西，但写作也有难度。俗话说：“三年不知肉味。”我已有三十多年不写了，也是三十年不知“肉味”。现在写是心有余而力不足，首先是思想上跟不上步伐，加之知识储备不足，需要“充电”。此外耳背眼花、记忆力差、反应慢，这些都是不利因素。但是一道难题摆在我面前，你是要多动脑筋，还是任其发展？想到此，我就有了写作的决心，于是写了几篇文章。我觉得动动脑筋总会有好处。像我们这些年龄段的老人只要天天坚持锻炼，注意饮食，根据个人的喜好听听音乐，练练书法，偶尔写点东西，多和朋友交流，晚年生活就会过得更加健康、充实、丰富、多彩。

原载《大丰日报》2022 年 1 月 1 日

送款记

1971 年，小海镇在全县大兴镇办工业的热潮中，创办了三四个镇办小厂，我被抽调到一个厂任会计。

一次，采购员到上海采购原材料打电话回来说，一批紧俏原材料已采购好，需要现金结算。当时分管镇办工业的镇长把这一任务交给我。镇长说：“明天送 8 万元现金到上海，顺便帮我带上 6 只鸡去。”

那时小海到大丰的班车非常紧张，天天爆满，上车抢、挤、推，乘车难。所以等班车办事往往会耽误。

每天从大丰开往小海的最后一趟班车，会停留在小海镇政府大院内过宿。为保险起见，第二天凌晨 4 点钟我就起身了，钱装在当时流行的黄挎包内，鸡放在一只柳条编的方筐内。凌晨 5 点多钟，我头顶星星，脚踏月光，从家出发到镇政府大院。车门未关，我将鸡笼放在车顶上，用网绳封好。之后陆续来人了，约 40 分钟车内人已满，车的班次是早上 7 点钟出发。从小海到大丰的砂子路坑坑洼洼，还有几处大水塘，一个多小时到达大丰车站，我随即买了一张去南通的汽车票，发车时间是中午 12 点钟。在去南通的过程中，国道路况不是很好，有的是水泥路，有的是砂子路。一路上乘客上上下下，颠颠簸簸，到南通汽车站已将近下午 6 点钟了。夜幕降临，我左肩挎着钱包，右手提着鸡笼，人生地不熟，高一脚低一脚地走向轮船站。不知不觉走到一片空地，前面来了一名背着枪的军人，他制止我继续前行。夜色中，我忽见一块木牌上面写着“军事禁区，不得入内”，我好尴尬。

到达轮船站买了一张明早 8 点钟去上海的轮船票。我在轮船码头旁边找了一个小客栈住下，这客栈是一间旧浴室，一大间 6 个床位，一字排开无遮拦，床铺用浴室的榻子一垫一盖。我心想：出门在外，管他去，将就一夜算了，为安全起见，我用钱包当枕头，睡在床上心想，现在我每个月的工资只有三十多元，8 万元是个天文数字。今夜如有闪失，后果不堪设想，想着想着就不敢睡。更令人不安的是，我左床一彪形大汉夜间如厕两三次，每次都会“关照”我几句，我内心十分恐惧，提心吊胆，一夜未合眼。

天刚蒙蒙亮，我第一个起床，到自来水龙头下洗漱，吃完早饭上了船。鸡笼捆绑在船帮上用绳罩着。一声鸣笛，轮船向上海方向驶去，我站在甲板上迎着黄浦江的江风，深深地吸了一口气，只见江面上塑料瓶、塑料袋、树枝随波逐流，往前看星星点点的小船在打鱼，扬帆的木船队倒是一道风景线，但很少见到大轮船。“十六铺码头到了！”一位旅客大声叫喊，人们涌向甲板。我看见码头上一破旧半圆形的标牌，上面写着“十六铺码头”，这和电影上的差不多。

上岸后，我乘坐一辆黄包车到云南南路一家旅社，此时采购员已在门口接我，钱交给他，鸡也送去了。我才如释重负，终于完成了任务。一路上舟车劳顿，也无精力逛街。

次日，我想好不容易到上海一趟，也要买一件东西做留念。于是，我去了上海第一百货大楼。走近皮鞋专柜，一眼望不到边，出样的皮鞋有好几百个品牌。我在柜台前巡回两次，有一双皮鞋映入我的眼帘，那皮鞋式样、皮质、颜色、做工我都十分满意，真是“一见钟情”，买了。

回家后，我试穿皮鞋正好合适，再看看包装盒写着“大象牌”，生产企业是江苏省大丰县皮鞋厂。天啦！我到上海去买了一双我们大丰生产的皮鞋。我自嘲，在皮鞋盒子上写了两句：“沪丰结姻缘，皮鞋回娘家。”

光阴似箭，日月如梭。50 年前去一趟上海要乘车、住宿、坐船，花两天一夜的时间。如果此笔业务发生在今天，用网银或手机银行在指尖上点一下，只要两分钟的时间，款就到账。如果去上海坐高铁也只需 1 小时 50 分钟。今非昔比，这一变化天翻地覆，简直令人不可思议。我们的社会发展太快，我们的国家太强大了，我们的人民多么幸福。

原载《大丰日报》2021 年 6 月 26 日

我的会计生涯感悟

1962年，是我人生的新起点。那年秋天我被安排到小海镇一家商店任出纳会计。刚报到那天，只见账桌前坐着一位头发花白、戴着老花眼镜的老先生，左手翻账本，右手打算盘。我轻声地说："老先生好。"他在眼镜框上乜了我一眼："来了？"他很严肃，在我的印象中好像没有笑过，我就在这种"氛围"中上班了。

说实话，打算盘我还能凑合，对于凭证、账册、报表，我没有接触过，会计科目也不懂。我诚惶诚恐，抱着虚心学习的态度进行工作。一个月下来，老先生说我"一点就通"，后来我在实践中不断完善和提高，终于能独当一面。我在会计岗位上一头"砸"下去，一干就是50年（包括退休后在家庭企业又干了20年）。

从事会计工作50年的我是个“杂匠”，干过商业、供销、工业、电信、交建会计，经历了从计划经济向市场经济的转型。会计科目从“借”“贷”改为“增”“减”，再改为“借”“贷”的过程。办公用品从一把算盘、一支蘸钢笔，发展到电脑、支票打印机等强大办公软件。50年来我感慨良多，在会计岗位上我是一名“老兵”，虽然没有取得惊人的成绩，但也没有出过大的纰漏。只是天天和数字打交道，日子过得平平淡淡，像一杯喝不完的白开水，而我独爱这一份淡泊，这样的淡泊才能体会出生活的真谛和人生的价值，这才是会计的味道。

一次，有个小同事问我50年的会计生涯有什么经验？如何做好会计工作？我说没有经验，对岁月的沉淀倒是有一些感悟，我觉得做会计要具备“五个基本要求”：

一要爱岗敬业。正确认识会计这个职业，树立职业荣誉感，热爱会计工作。这是会计人员最基本的职业素养，也是做好会计工作的基础。

二要无私奉献，耐得住寂寞。做会计首先要有“坐功”，日常上班不离办公桌，节假日别人休息、旅游，会计人员比平时还要忙，甚至还要加班打夜工，扎账赶报表。但苦中有乐，当报表出来时，一行行数字尽情闪耀着夺目的光彩，那份成绩感、满足感，别人是体会不到的。

三要廉洁自律，遵纪守法，树立正确的人生观和价值观。不为金钱所诱惑，在同行中就有人从算盘珠上“滑”下去，不仅毁了自己，还连累了家人。只有心无邪念，正派做人，才能保持一颗平常的心。

四要不断学习和了解国家财经政策、法令，熟悉财务制度，以便在工作中正确执行和遵守。税金做到准确、及时、足额上缴国库。

五要具备高度的法律意识和原则性，严格执行会计法则。不弄虚作假，不做假账，维护国家和企业的利益，做一名素质高、业务精、有担当的会计人员。

原载《大丰日报》2024 年 10 月 26 日

“戏说”供销社

最近，整理旧照片时有一张去往江界河工地慰问演出的剧照，勾起了我的思绪，往事历历在目。

20 世纪 70 年代初，大演大唱风盛行，文艺宣传队应运而生，那时上级要求规模较大的单位都要成立一支业余文艺宣传队。我所在的大丰县小海供销社因是古老集镇，加之刚刚“商改”，人才济济，供销社内真可谓“生旦净末丑”齐全，“吹拉弹唱”皆有。当时我在供销社当文书，因爱好文艺，且特喜爱编导，所以这个“政治任务”就自然落在我的肩上。当文艺编导可不是件简单的事，必须有政治头脑加艺术细胞，也就是说要结合每个时期的政治中心和供销社改革、发展的任务，自编自演宣传供销社为农服务。

五十多年前，我们这支业余文艺宣传队有歌舞、小演唱、相声、快板等节目，先后在县、乡演出过几十场，深得领导和观众的好评。我们不但在剧场演出，还经常深入到村头、打谷场、工地，一边送货，一边演出。曾记得，1973 年隆冬，江界河工地寒风凛冽，红旗猎猎，民工们肩挑的、车推的，你追我赶，热气腾腾，好一幅“治水大军图”。上午 8 点半，我们文艺慰问小分队来到工地，在一块平坦的河床上插起了彩旗，拉起了横幅，摆好了烟酒、副食、日杂等商品。这时团部通知民工休息一下，只见买香烟、白酒、饼干、手套、胶鞋的生意十分红火。“咚咚哐”“咚咚哐”……锣声一停，我用小海话加北京语报幕：“民工同志们，小海供销社文艺宣传队慰问演出现在开始。”在一阵悠扬的音乐声中表演唱《六大嫂夸收花站》登场了，接着相声《送货路上》……节目演了一个又一个。此时，我想请老主任出场加深供销社与民工的感情，于是出了一个“馊主意”，我对民工们说：“现在请供销社老主任周学高同志为大家演唱《红灯记》中《临行喝妈一碗酒》。”话音刚落，河床上下掌声雷动。只听他喃喃地说道：“小东西，拿老头子开心。”其实我并非拿老主任“丢场”，我深谙他的京剧“功底”，可以说是拉得出、打得响，他唱得声情并茂，有板有眼，一曲下来演出达到了高潮，达到了很好的效果。这次演出是我几十场中印象最深，也是令我终生难忘的一幕。

在这以后的岁月中，我们的业余文艺宣传队人员虽然换了几茬，但送货加演出一直没有停止过，无论是演小戏，还是说相声，始终有一个宗旨：供销社为农业、为农村、为农民服务。几十年来，“戏说”伴随着供销社的改革、发展、壮大，在农民心目中树起了良好形象。

如今，供销社经过四十多年的深化改革，体制上、经营上都有了很大变化。供销人始终秉持办社初心不忘，办社宗旨不变，为民服务的优良传统得到了进一步发扬，在为“三农”服务和振兴乡村经济的康庄大道上阔步前进。

原载《大丰日报》2024 年 7 月 27 日

“刑场”后的婚礼

“文革”期间，乡乡演样板戏、村村唱样板戏，已成为“突出政治”的一种时尚。那时，我所在的小海镇也不例外，镇上文艺宣传队排演了革命样板戏《白毛女》，分配角色时没有人肯演反角，我作为编导之一，无奈之下，只好演了这个反角。经过一个多月的排练，《白毛女》演出后反响比较强烈，在周围乡镇小有“名气”。

1971 年一个春暖花开的季节，我和妻子筹备结婚，婚期定为 4 月份。于是，两家忙着准备。然而就在结婚日上午 9 时，小海镇政府接到通知，大丰县革命委员会政工组在小海召开各乡镇书记工作会议，今晚要看革命样板戏《白毛女》。这怎么办？我母亲坚决反对，认为不吉利。为什么？因为我演的是反派人物，最后的下场是要被“枪毙”的。结婚是大事，人生就这么一次，结婚只能讲好话、祝福的话，怎能不吉利。当时我也举棋不定，后来经领导反复做思想工作，最终我还是服从组织去演了。

说来也怪，我演过这么多场戏，都不如那晚戏演得得心应手，自我感觉良好，特别是《白毛女》最后一场斗地主、分田地，我被新四军押上刑场时，台上台下一片共鸣，齐呼：“打倒地主、狗汉奸！”随着两声枪响，我应声倒下。

散场后，我来不及擦去脸上的油彩直扑家门，亲朋好友都在等待。婚宴开始了，主持人说：“今天的婚礼意义非凡，我们除看过现代戏《刑场上的婚礼》外，今晚我们又上演了一部现代戏叫作《‘刑场’后的婚礼》。”大家都不禁哈哈大笑，频频举杯祝福……

弹指一挥间，我和老伴结婚已经50周年了。在平淡温馨之中度过了大半生，享受着儿孙满堂的天伦之乐。回眸往事，人生如戏。50年前，在人生这个大舞台上，我俩上演了《“刑场”后的婚礼》这一幕，我们是永远忘不了的。

原载《大丰日报》2021年4月17日

难忘小海温泉

小海温泉发现于 1961 年春天，华东石油勘探队在小海镇东 4 公里处探矿，当探头钻至 1741 米深的地层时，一股温热的泉水喷涌而出。根据科学测定，该泉水属氯化物碳酸氢钠型水，矿化度 175 克每升，井深 1750 米，孔口水温 52℃，自然流量每天 95 吨。

这一泉眼位于空旷的农田中，泉水潺潺，长流不息，无人问津。一次一个浑身长满疥疮的乞丐坐在泉边洗澡，一个星期后，身上的疥疮痊愈。得知这一消息后，当地群众纷纷前来洗浴，说来神奇，有不少人的皮肤病、关节炎等疾病都好了。这一情况引起了小海镇政府的重视，1963 年经江苏省卫生厅等 6 个有关单位联合组织调查组鉴定，泉水含有硫化物、碳化物、锰、镉、铁等 20 多种化学成分，对牛皮癣、湿疹、神经性皮炎等疾病，以及风湿性关节炎、原发性纤维组织炎等疾病有较好的疗效。20 世纪 60 年代初，大丰县人民政府把小海温泉划归大丰县供销合作社投资管理，具体由小海供销合作社经营。

小海温泉在创办初期，大丰县人民政府统一部署要求相关部门给予大力支持。经过四十多年的经营和建设，小海温泉占地 23 亩，已建成园林式建筑群。设有百货、棉布、副食、日杂等商店，浴室有男女大小健康池 31 个，男女患者池 4 个，有床位二百多张，食堂可供一百多人就餐，有大会堂和小会议室。园内由奇树异花、曲折木桥、六角凉亭、草坪、溪流、鱼塘等组成。由于景色秀丽、风光宜人、食宿一流、交通方便，20 世纪 70 年代末至 80 年代初，大丰县委、县政府一些重要会议都在小海温泉召开。大丰县供销合作社还在小海温泉对全县系统职工定期进行业务知识轮训。小海温泉建成集洗浴、开会、学习、疗养、休闲的多功能之地，有“苏北第一汤”之称。

时至今日，小海温泉经营整整 60 年，由于年久老化，现已歇业。笔者因工作关系对小海温泉难以忘怀，见证了小海温泉的发展壮大，同时也目睹了小海温泉对提高大丰的知名度及在大丰的发展史上作出过一些贡献。

原载《大丰日报》2021 年 5 月 8 日

小海镇早市

大丰县小海镇，历来就有早市上茶馆吃茶的习惯。

近闻，小海供销社酒家恢复传统品种，早市有茶水、生姜干丝，四色点心、鱼汤面、馄饨供应。一日，笔者慕名前来，果然宾客满座，生意兴隆。入席后，我找了一个空位坐下，在我对面就座的中年人是一位“常客”，不管刮风下雨，每日必到；左边一桌是“四代同堂”来这里品茶、吃点心，共享天伦之乐；靠近窗口有两位老者正在边品茶边议论，一位约古稀之年的老者说：“上茶馆喝茶、吃点心，我已中断了二十多年，现在又饱口福了。”另一位白发苍苍八旬有余的老者说：“我天天从家跑到这里来有半里路，喝一壶茶，吃一碗面，这也算是体育锻炼，长寿之道啊！”

原载《盐阜大众报》1986 年 6 月 21 日

小海镇夜市

下午六点过后，江苏大丰县小海镇小街又是一番景象，一爿爿熏烧摊陆续出摊应市。这些摊头（方言，摊子）在推车上装有玻璃格柜，橱内装上一盏电灯或栀灯，颇有苏南小吃风味。

这些摊头中，生意兴隆要数个体户张绍宽。小张加工熏烧是祖传三代的手艺，尤其以香肚质优而畅销。他的摊头上品种甚多，有香肚、猪肝、皮卷、猪舌、猪耳朵、素鸡……香味扑鼻，色泽光亮，甚是令人喜爱。不一会儿，摊头周围站满了顾客，有的手持菜盆，有的手拿食品袋。顿时，小张忙碌起来，称、算、切、包，动作娴熟又利索。我问道："张师傅，你每天做多少货，销售额是多少？"他笑了笑回答：“不多，每天六七十斤货，销售额八九十元。”我又问道：“你生意这么好，有什么绝招吧?”他说：“论绝招谈不上，不过我有两条规则：第一，加工讲究卫生；第二，我不赚昧心钱，不偷工减料，保证口味质量。”这时一位老工人把菜盆一举说：“小张，来一元钱香肚。”“李师傅，你来了。”“每天二两白干，一盘香肚，我能不来?”一位身着银灰西装的中年妇女要买六斤香肚，大家不解。一问方知原来这位女同志是上海人，在上棉八厂工作。“阿拉上海吃不到香肚，小海的香肚口味很好，买上几斤带回上海去让亲戚、朋友尝尝。”一位小伙子风趣地说：“阿拉小海的香肚打进大上海啦!”哈，哈，哈，一阵爽朗的笑声……

原载《东南行情》1986 年 8 月 16 日

小海年画摊

进入农历腊月以来，大丰县小海镇街头卖年画的小摊陆续多了起来。这些小摊品种繁多，花花绿绿，给这条小街增添了喜迎“龙年”的气氛。

日前，笔者漫步街头，由南朝北一眼看去，嗬！年画摊点足有二十多个。据一位老者介绍，一年一度的年画摊在这个小集镇已有七百多年的历史了。怪不得小海的年画摊这么富有地方特色，这里不单纯是卖年画，有的还配有画报、书刊出售，有的自家用刀刻挂络（一种用红纸加工的纸品）边刻边卖，还有本镇“名笔”根据顾客需要当场书写对联献艺……随着“龙年”的到来，今年年画摊中“龙”的味道也随之浓了起来。你瞧，“龙凤星祥”的中堂，

“龙腾虎跃”的年画，“龙的传人”的挂历，“龙飞凤舞”的草书，带“龙”字的对联就更不用说了，就连挂络里面也带进了“龙”的色彩。在新街向南的一家年画摊前一位年近六旬的农民买了一套“龙腾虎跃”的年面。经了解，这位老汉的儿子在老山前线，当我问他为什么买这幅画时，他说：“是想让儿子像龙腾虎跃一样威镇前方，杀敌立功，保卫边疆。”这时来了一位五十多岁的大娘，她买了几张古装戏还买了一张“大鲢鱼”，卖年画的老张说：“鲢鱼，鲢鱼，年年有余。”老大娘笑着说：“是啊，这几年我们家是年年有余。”

原载《盐阜大众报》1988 年 2 月 9 日

兴隆的小海粮行

八月十日，大丰县小海供销社农副产品收购门市部一派繁忙景象：河下停靠着十多条粮船，公路上手扶拖拉机、板车、自行车一字排开，卖粮的农民车来人往，川流不息……

小海供销社副主任高云告诉我们，夏收以来，小海供销社与外地签订了一百五十万公斤大麦合同，由于今年价格趋降，开始有人担心收不到。他们采取两条措施：首先坚持收购质量，千粒重在三十四克以上，对厂方负责。二是薄利销出，让农民真正得到实惠。这样一来不但本乡和邻近乡的农民来出售大麦，就连兴化、东台等县的农民也用船运麦来卖。

我们来到收购门市部西侧，一位农民正从手扶拖拉机上卸麦，经了解这是小海乡海北村的种粮大户王树高。他种了三十亩大麦，由于讲究科学种田，喜获丰收。我们看到在结算单上，写道："王树高，大麦一千七百五十公斤，单价每公斤五角三分，金额九百二十七元五角。"老王接过单子满意地笑了。

原载《盐阜大众报》1987年9月8日

支书卖麦记

八月十五日，大丰县小海供销社农副产品收购门市部卖麦的农民车来人往，十分繁忙。

下午三时许，一辆装满麦子的手扶拖拉机在门口停了下来。原来是小海供销社党支部书记夏永康来卖大麦。老夏是本乡人，在场的农民十有八九认识他。这时，门市部内有群众议论："看他卖什么价钱。"还有的说："今天有'戏'看了。"门外老夏把大麦一袋一袋卸了下来，整整齐齐地排列在那儿。不一会儿，农副产品门市经理康林过来了，他当众一袋一袋进行检验：千粒重三十五克、三十七克、三十六克……十三袋大麦，一袋袋经过严格检验，全部超过规定的收购标准。结算单上写着："夏永康，大麦一千一百三十七公斤，平价二角五分五，金额五百七十九元八角七分。”付过款后，守贞村的一位农民说：“想不到供销社支书卖麦和我们群众一个样！”

原载《盐阜大众报》1987年9月9日

看人点汤生意兴旺

早听说江苏大丰县小海商业公司新街烧饼店能“看人点汤”，今天我倒要想看看杭师傅的绝招——“看人点汤”，是如何“点”的。只见一位身穿西服的小青年说：“杭师傅，给我十个葱花酥油饼。”“好的，马上就有。”站在靠桶炉边的小姑娘说：“叔叔，我要买四个赤豆糖饼。”“小英，今天你奶奶怎么没有来啊？”“她身体不好想吃糖饼呢！”一位年逾古稀的老者来了：“小杭，给我两个‘龙虎斗’。”“好，你老在板凳上先坐坐。”我不解地问：“什么是‘龙虎斗’？”这时，杭师傅哈哈大笑起来说：“这是我们康老爹多年喜爱吃的传统品种，‘龙虎斗’是个比喻，就是把烧饼的甜馅和咸馅混合起来加工，这种烧饼就叫‘龙虎斗’。”这时，我才茅塞顿开。

此时，只见他师徒三人搓、擀、贴，动作娴熟且利索。不一会儿，一炉黄灿灿、香喷喷的烧饼出炉了，你五个，他十个……嗬！原来杭师傅的“看人点汤”是按顾客需要加工的，怪不得生意这么红火。

原载《东南行情》1987 年 5 月 30 日

清明节，一大家人去祭祖后，至万盈天池湖度假村，73岁老父亲即兴赋诗一首。

——作者康士国之子 康卫

春游有感

——游万盈天池湖度假村

樱花三月扬纷纷，
春游来至度假村。
康氏家族喜团聚，
人丁兴旺如日升。

湖光桥影鱼跃争，
木屋流水鸟语声。

桃红柳绿彩蝶舞，

风水宝地万盈墩。

2018 年 4 月 5 日

颂妻篇

02

妻的三次“降价”

在计划经济的年代里，基层供销社担负着农村的生产、生活资料的计划物资供应，二十世纪八十年代初体制由“集体”改为“全民”，那时的基层供销社真是“红”得发紫，所以在我们这里，社会上有一种羡慕的说法，那就是“三世修个粮管所，七世修个供销社”。

那时，我在基层供销社当个小小的文书，按理说工作单位好，工种也较轻松，是够满意的。但美中不足的是妻子和孩子不在一起，妻在县城一家国营纱厂工作，人员性质是全民固定工。为了家庭的团聚，我与妻协商将她调到我所在的基层供销社，即从“全民”调“全民”，这样不失妻的“身价”，她也算顺利地答应了。妻在工厂是师傅，并是前纺操作能手，到供销社搞经营很不适应，一切都得从头学起，自然由“师傅”变成了“徒弟”，由“能手”变成了“笨手”。一次，妻和我开玩笑地说：“改行后，我‘降价’了。”

随着体制改革的深入，1982 年基层供销社由“官办”改“民办”，“全民”改“集体”，起初妻的思想有些动摇，她说：“我的全民性质现在又一次‘降价’了。”不久，一次机会来了，县城某国营公司下属站有一家属要调基层供销社，同意对调一个到县城，但必须符合“全民”、年轻、有文化的条件，论条件妻是最适合不过的人选了。我和妻商量让她调回县城免得吃亏，但出乎意料的是妻非但不同意，还给我上了一堂“政治课”。她说：“我现在已经是供销社的人了，我离不开柜台，更离不开天天和我打交道的顾客。”

1990 年，县社调我到一个地处海边的基层供销社任党政“一把手”，这里喝的是海水，吹的是海风，条件比较艰苦。临行时我对妻说：“往后烧煮洗捞的全靠你了，由‘主妇’变成了‘煮妇’，让你再一次‘降价’了。”妻噏着泪花说：“你放心走吧，为了供销事业，有困难我克服呗！”

本文在“我与供销社”征文中获三等奖

原载《江苏商报》1996年8月21日

老来俏

“咚叭、咚叭、咚叭、咚咚咚叭……”清晨，在人民公园林荫大道边不时传来阵阵腰鼓声，这是市区一支自发组织起来的中老年腰鼓队，别看她们是业余的，可组织性、纪律性很强。

妻是50开外的人了，在腰鼓队中是一名“积极分子”。她平时手脚酸痛，很显然是不适合打腰鼓的，但自从参加腰鼓队后，一提到“集中”（打腰鼓）她的精神就来了，手脚也灵活了，总之酸痛全无，真可谓“精神疗法”也！

这支中老年腰鼓队不单纯是为了强身健体，愉悦心灵，还经常参加市区社会活动，不少场合都会听到她们的腰鼓声。如：每逢“老人节”到福利院慰问孤寡老人；每年大年初一到市政府慰问市里领导；甚至一些商店开业都邀请腰鼓队“捧场”；腰鼓队成员中哪家有喜庆大事也少不了腰鼓队去热闹一番。最近，省市领导检查莅临大丰时，她们还被市电视台拍成新闻上了电视。

为提高表演效果，每个腰鼓队成员都自费购置了几套“行头”，就拿妻来说，有紫红的、粉红的、淡黄的、白的等好几套。每次表演时都得“粉墨登场”，又是涂胭脂，又是抹口红、画眉毛。一次，上幼儿园的外孙女看到后说：“老奶妖，老奶妖。”她羞得满脸通红，我忙着插话：“不是‘老奶妖’，是‘老来俏’。”

“老来俏”——妻啊！她可忙着呢，目前又“紧锣密鼓”地参加大合唱准备迎“七一”……

原载《大丰日报》2001年6月22日

礼拜妻

每月大概有四个礼拜天，我就有四次“礼拜妻”的机会，30 年来我们家就是按这样的生活规律过来的。

20 世纪 70 年代初，刚成家的我在小海供销社工作，妻子在县城一纱厂上运转班。小海至大丰相距 20 公里，每天只有一班公共汽车，所以妻子每周只能礼拜天下班回家。我称她为“礼拜妻”，妻莞尔一笑说：“‘礼拜妻’有什么不好，不天天在一起，家庭才感到温馨呢！”我想此话也不无道理。

随着岁月的流逝，我家的两个孩子渐渐长大了。夫妻长期分居毕竟不便，便调到小海工作，我们结束了“牛郎织女”的生活。然而，好事多磨。不久我又被调到海边的一个供销社任职，因离家远且交通不便，我只能每周礼拜天回小海家一趟。

寒来暑往，又是七八个年头过去了，妻到了退休年岁。我对妻说："现在好了，'礼拜妻'的生活结束了。"妻一边收拾生活用品一边说："你倒想得美，外孙女谁带啊？还是老规矩，等女儿礼拜天休息，我从市区回来。"说着背起挎包走了，望着走远的妻，我想等外孙女长大了，刚好又要带孙子了……

原载《大丰日报》1998 年 10 月 24 日

妻子读报

妻退休后，自费订阅了《盐城晚报》等四种报刊。

每天早餐后，妻接到报纸像小学生做作业一样认真地阅览，用笔圈圈画画，看过后把报纸分为时事政治、地方新闻、生活指南、电视节目预告四大类存放，以备随时查阅。妻不但看报还注意用报。因此，我们家最近的生活规律也悄悄地发生了一些变化，就连煮饭、洗衣也有了革新。一次，我用电饭煲煮饭，锅内烧沸了，妻忙叫把电源插头拔下。我不明白。她像“老师”一样讲解道：“充分利用电饭煲的余热让米涨五六分钟，然后再插上。”果然效果很佳，煮出的饭香喷喷的，同时家里还能省电。当我向她请教时，她说：“报纸上登的呗，无论煮饭、洗衣、保健都有新的‘窍门’。”

原载《盐城晚报》1999 年 6 月 22 日

车夫的爱

四十年前，妻在县城“二厂”工作，而我是小海乡镇一企业的普通职工。记得刚谈恋爱时，因工作在两地，我每周都会骑自行车到“二厂”接她去小海过周末，多年来我一直坚持风雨无阻准时接送。

纱厂的女职工宿舍是清一色的，堪称“女儿国”，我每次一来特别显眼。有一次，一个“大嗓门”小妹妹见我来了，大喊：“‘车夫’来了！”顿时，各宿舍的门纷纷打开，看见是我，女职工们就起哄：“‘车夫’来了，‘车夫’来了！”自此，“车夫”成了我的昵称。

一次周末回家，第二天清晨打开门一看，漫天大雪，银装素裹，公路上没有一辆车行驶，也无行人。我心急如焚，因妻下午一点钟要赶到厂内上班。那时从大丰开往小海的汽车每天只有两班，上午一班，下午一班，我想今天汽车是否开？于是，我跑到邮局打了一个电话，问大丰汽车站，答复是雪太大，路面滑，上午那班车取消了。我傻了，怎么办？无奈之下，只好继续当“车夫”，冒着大雪骑自行车送妻去上班。路上白茫茫一片，只有两旁的树枝能分清道路，我吃力地一脚一脚地蹬。妻不时在车后给我灌“蜜汤”，鼓励我加油，这就是“发动机”的原动力。行程21公里，花了两个多小时，好不容易到了大丰，我身上内衣都湿透了，这一幕令我终生难忘。

改革开放初期，县城到各乡镇的班车次数增加了，但路面没有多大变化，仍然是砂子路。由于年久失修，路面坑坑洼洼，高低不平，我骑车是晴天一身灰、雨天一身泥。后来，政府加大基础设施建设，路况大大好转，路面也扩宽了，砂子路改成沥青路，汽车班次增加，村村通公交，私家车也多了。目前乡镇、村公路呈现出车水马龙、一派繁华的景象。

弹指一挥间，改革开放四十年。我俩都已退休了，居大丰城区一隅。如今，子女们都有了汽车，我也想开车，但由于超龄，按交通规定领不到驾驶证，不能上路开车，只好“望车兴叹”！“遗憾”终身。现在我只能重操旧业，继续当好“车夫”，每天骑电动车带妻去公园、菜场、超市……在林荫道上哼着：“妹妹你坐后头，哥哥我前头骑，我俩的情，我俩的爱，在车轮上转悠悠，转悠悠……”

原载《大丰日报》2018 年 8 月 11 日

“康嗲嗲”玩手机

最近，中国老年医学学会呼吁老年人需要玩玩具（包括玩手机），可以锻炼脑力、心力和体力，益智健脑，抵抗老年痴呆，增进社交，促进康复，益处良多。

爱玩之心，人皆有之。几年前我买了一部手机只是用来接听电话、发发短信。对“微信”感觉深奥，不是我们这个年龄段人玩的，不敢越“雷池”一步。我上菜场买菜看见青年人买东西付款用手机一扫，十分便捷。这令我很羡慕，萌发了学用微信的念头。用微信一般要有网名，我用什么名称合适呢？于是，我在“家庭群”中发布起名公告，看谁“中标”，最后是在国外读书的外孙女起的“康嗲嗲”一举中标。于是，“康嗲嗲”在我的“朋友圈”和

“家庭群”中成为我的昵称。

在实际操作中，由于记性不好，小辈们给我制作了一个微信操作程序。根据这一“指南”，我每天在家操练。一次，去菜场，我心想今天用手机扫一扫，也过把瘾，风光一下。到鱼摊买鱼，金额 28 元，第一次用手机扫，扫后把屏幕上的金额给对方看了一下，拿起鱼就走。在路上，我心中美滋滋的，今天总算开了一次“洋荤”。到家休息片刻，拿起手机准备再复习一遍，竟发现买鱼没有扣款。怎么回事？我拿出“微信购物指南”：按微信→右上角+→扫一扫→输金额→付款→密码。不知是激动还是记性不好，最后一道程序“密码”我没有按，钱没有付出。汗都急出来了，今天我不是“骗”了人家吗？立刻骑车到了菜场，卖鱼的小伙子见我又来了，怀疑是不是找他麻烦。我笑着对他说：“对不起，刚才买鱼我忘了输密码，款没有付给你，现重新给你扫一下。”他脸上顿时“多云转晴”，笑着说：“没事，没事。”

今年疫情期间，全家老小都在家中宅着。一次，我坐在沙发上发微信。一旁的小孙女“告状”：“奶奶，嗲嗲又发微信了。”老太婆在厨房炒菜回道：“是发给男的，还是女的?”小孙女像接到“尚方宝剑”一样，一把夺过手机，小手上翻下翻，屏幕上显示：“公司党员群，特别党费 100 元。”老太婆走出厨房说：“我说他不会发给女的。”我回敬道：“对不起，今天的微信就是发给‘女’的。”并哼着：“党啊，党啊，我亲爱的妈妈。”老太婆莞尔一笑。

几个月前，我换了一部华为 5G 手机，手机质感优美，线条流畅，造型霸气，像素高清。我想这么好的手机不拍一些照片留念真是遗憾。一次，女儿带我和老太婆一起去荷兰花海拍照。进入花海如临仙境，郁金香亭亭玉立，彩蝶飞舞，美不胜收。置身于花海中，心旷神怡，步步是景点，处处皆佳境。女儿既是“御用”摄影师，又是“只有爱”王潮歌的“副导演”。走进爱情小屋，我和老太婆举手向上做了个“爱心”动作，拍了一张“浪漫情满”。老太婆骑在大马上双手展翅，丝巾围在脖子上，迎风飘扬，我坐在她身后紧紧抱住，拍了一张“比翼双飞”。登上爱情桥，我二人面对面牵手，脉脉含情，拍了一张“情意浓浓”。迈进爱情花道拱门下，二人牵手单脚跳起，女儿抢拍一张“激情岁月”……

此刻，我们童心大发，忘了自己的年龄，动作放得开，不受任何拘束。拍照时，不少游客驻足围观，我们像“人来疯”，也顾不得这些。如果再不“疯狂”就没有时间了，毕竟奔80的人了。全程拍了几十张都比较满意，筛选出二十几张放大做了一本相册，命名为《花海之恋》，并在首页上打印了两句：“人在花中游，情在画中留。”老太婆手捧相册，激动地说：“太美了，这就是‘幸福感’。”

原载《大丰日报》2020年8月8日

老伴的“菜单”

我们家是一个“大家庭”，子女们虽早已成家立业，但仍在我这个“大食堂”就餐。如今吃饭不只是填饱肚子的问题，而是要讲营养均衡、吃得健康，所以买菜就成为一门科学。

老伴做事太认真，事无巨细都要亲力亲为。我俩已进入耄耋之龄，已不适合再到菜市场买菜。媳妇、女儿都不放心，争着要买，但老伴就是不同意。有时她们买回来的菜让老伴不满意，不符合她的“要求”：一嫌不新鲜；二嫌不够嫩；三嫌营养搭配不合理……子女们拗不过，只好放权。

为了家人的健康，老伴自学大量的膳食营养知识，做起了家庭“营养师”。她在报刊、书籍、网络上仔细地查阅资料，还经常收看北京卫视的《养生大讲堂》节目，把学到的知识分门别类密密麻麻地记录在笔记本上，重点的地方还用红笔画波浪线，以便在日常生活中应用。

老伴安排的一日三餐：早餐小米粥、馒头、水煮鸡蛋，外加一个蔬菜。中午煮饭以大米为主混杂放麦片、玉米糁、红豆等粗粮，荤素搭配四五个菜，再加一个汤。晚餐清淡些，以小米粥、花卷、蔬菜水果为主，补充人体必需的维生素。不吃高热量、高脂肪、高盐分、高糖分的饮食。这样的饮食安排还真有效果。去年我去医院体检尿酸偏高，老伴“对症下药”，不让我吃嘌呤高的食物，经过食疗调养，加上适量运动，今年体检我的尿酸已下降并达到正常水平。我明白了老伴学习膳食营养知识，不仅是为家人的健康保驾护航，更是表达对家人深深的爱意。

每天编写菜谱是老伴的“必修课”。菜的品种一日三餐不同样，两天之内不重复。由于年龄偏大，记忆力下降，到了菜场当日的菜谱记不住，起初她把菜的品种写在左手巴掌心，一次挑选蔬菜时沾上水模糊了。后来写在纸片上，到菜场后拿出“菜单”按图索骥。这一举动引起周围买菜人的注意，有的好奇，有的投以羡慕的目光。由于买的品种多、量也大，有位大嫂问：“奶奶是哪个饭店的？”我开玩笑说：“芳芳大酒店的。”（老伴的名字最后有一个“芳”字）

一次，老伴到菜场打开钱包一看忘了带“菜单”，她傻了眼，回去拿太远，随便买点她做不到，怎么办？我随即打电话给儿媳，让她把“菜单”用手机拍下来，发到我的微信上。五分钟后，手机上有了“菜单”，老伴脸上这才“由阴转晴”。

从此，老伴的“菜单”又有了新的电子升级版，头天晚上将菜谱输入手机内，第二天早上看着手机买菜。在菜摊前同一小区有位年轻“煮”妇见状，称她是“时髦老太”，随即拍下来，发到朋友圈。这下传开了，有的要加微信，有的要“菜单”……她简直成了“网红”，风光了一把，甜甜的满足感，满满的幸福感。老伴，你悠着点！

原载《大丰日报》2024 年 7 月 6 日

我的两段会计情缘

1962 年，中国刚刚走出三年困难时期，物资匮乏，经济萧条，就业困难。那年我刚初中毕业，镇上有一家商店差一个出纳会计，我有幸被安排进去。会计室是一间平房，内设两张三抽办公桌，两张长木凳，桌上有一把算盘，靠墙角有一个大木箱是放账册、凭证的“保险箱”。这些就是会计室的全部家当。

刚跨进这个岗位时，说实话还真有点吃劲，什么账本、凭证、报表一概不懂，算盘打得也不熟练。经过一段时间的摸索，加之不断向老会计请教，三个月后我慢慢开了“窍”，也入了门。1964 年“社教”运动，体制合并后我做了总账。

不知是前生注定，还是今世有缘，我对会计这份工作越干越感兴趣，也越来越热爱，所以我十分珍惜这份工作。同样会计生涯给我带来了幸运，也带来了幸福，我在会计岗位上收获了爱情。

1967 年，我的同学夫妇二人从山西太原回小海探亲，他妻子是大丰人。一次，她的女同学陪她一同到小海来玩，在饭局上我认识了这位女同学，我俩“一见钟情”，双方颇有好感。那时通信没有手机、微信，只有鸿雁往来，每周一封，雷打不动，热恋半年后，到了提亲时她家不同意。按传统的婚姻观念，婚嫁要“门当户对”，她如果嫁给我是属“下嫁”，因为她工作在大丰二厂，系国营单位，人员性质是全民固定工（这在当时是很“牛”的），每月固定工资加夜餐费、加班费、季度奖金，她的收入比我高。而我在乡镇企业大集体，人员性质是集体职工，每月固定工资三十多元，无其他收入。但我也有“优势”，在企业我是总账会计，会计虽不是什么干部，但也算是“坐办公室的管理人员”，比一般职工强一些。加之我的长相不太差，还算耐看。后来，她父母看上我是做会计的，我再做了些工作，也就同意了婚事，是会计职业成全了我的婚姻。翌年，我俩准备办婚事。

1968年“文革”时期，大演大唱风盛行，各村各镇大唱革命样板戏，我所在的小海镇也不例外，镇上排演了《白毛女》，差一人演反角穆仁智，导演看中我瘦弱的身体，又是做会计的，认为我是合适的人选。《白毛女》演出后，在周围乡镇小有名气。凑巧的是就在我结婚那天，大丰县革命委员会政工组在小海温泉召开政工书记会议，晚上要看样板戏《白毛女》。这怎么办？因为演出中穆仁智最后的下场是要“枪毙”的，结婚大喜之日怎能不吉祥。因此，我母亲坚决不同意，我也犹豫了。后来经领导做思想工作，我还是“突出政治”演了。说来也怪，那天一上场我肩上挂着一个肩袋，前袋装上账簿，后袋插了一把算盘，到了杨白劳家，我拿出账簿，然后敲打算盘，动作娴熟，演得活灵活现，效果很好，深得观众好评。演出结束后，回家酒席还没有散，不知是谁喊了一声：“账房先生回来了！”几个朋友围了上来，发小小李说：“你戏里戏外都是‘会计’，真是块做会计的‘料子’啊！”顿时，满堂大笑，酒席继续进行……

随着时间的推移和体制的变化，1971 年我进入小海供销社任会计、文书等工作。由于我熟悉财务加之能写，1990 年县社要我离开会计岗位，调到一个基层供销社任主任兼党支部书记，后又调到另一个基层供销社任党支部书记直至退休。

退休后，我想可以享享清福了，哪知我的会计缘情未了。2003 年儿子办了一个公司，我责无旁贷，又重操旧业当起了会计。

形势在深入发展，公司的业务不断扩大，资金的需求量也随之增加。一次，公司要购一批材料资金不够，亟须向银行贷款，我向银行申请后，上报了一套材料，手续还是比较烦琐的，也很严密。一家银行大丰支行上报到盐城分行，审批意见是：同意放贷款，材料内容需补充一份连带担保责任父母的结婚证。结婚证？我为难了，为什么？我俩是“文革”期间结婚的，那时结婚不领证是普遍现象，现在孙女都上初中了还没有领证，如去领证岂不是让人笑话吗？不领吧，贷款放不下来。无奈第二天一早我俩去了民政局办证大厅，一到大厅只见满屋美女、帅哥，熙熙攘攘，有五六十人。我开玩笑说：“今天哪来这么多借贷款的？”妻子莞尔一笑，一想，今天是2013年1月4日，谐音是“爱你一生一世”。多么美好的寓意啊！怎么这么巧我俩也碰上新潮了，是天赐良缘吧？接近中午十二点领了证，下午贷款也放了，妻子乐了。她把结婚证在网上朋友圈内发了一转，炫耀：“我们结婚啦！‘爱你一生一世’。”网友纷纷发来鲜花和祝福语……美极了，太幸福了。妻撒了把“狗粮”，过了把“瘾”。我又一次尝到了会计工作带来的甜蜜和爱。

原载《大丰日报》2023年10月28日

写妻“专业户”

人生就像一场戏。夫妻间几十年风风雨雨，酸甜苦辣，磕磕碰碰地过一辈子。当家庭生活遇到“风浪”时，我写些有关妻子的“豆腐块”发表在报刊上，从而化解危机，增进感情。于是，有朋友送我雅号“写妻专业户”。

曾记得，20 世纪 70 年代末，我在基层供销社工作，妻在县城国营纱厂工作，人员性质是全民固定工。为了照顾小孩，我与妻协商后，将她调入我所在的供销社，即从“全民”“降价”到“集体”了。

妻在工厂是师傅，且是操作能手，到供销社搞经营很不适应，一切都得从头学起，自然由“师傅”变成了“徒弟”，由“能手”变成了“笨手”。一次，妻和我开玩笑说："改行后，我第二次'降价'了。"

团聚、温馨的日子总是短暂的。1990年，我调到另一个基层供销社工作。离家后，家庭的重担全由妻一人来挑，由"主妇"变成了"煮妇"。于是，她第三次"降价"了，心里不免有些失落。说来也巧，就在此时，江苏省供销合作联社在《江苏商报》上征文，题目是《我与供销社》，我看后有感而发，将妻和我工作调动的事写成了一篇《妻的三次"降价"》，并获得三等奖，对妻来说算是一种安慰。

妻退休后参加了中老年腰鼓队，为了增加表演效果，腰鼓队员们都自费购置"行头"。就拿妻来说，有紫红的、粉红的、淡黄的、白的好几套衣服。每次表演时既涂胭脂，又抹口红、画眉毛。我看后对家里孙女说："你看老妖、老妖，老奶妖。"她羞得满脸通红，孙女忙说："不是老奶妖，是老来俏。"于是，我的另一篇《老来俏》灵感又来了。

爱情的时光穿越到50年前。我和妻刚恋爱时，她在大丰纱厂上班，每周只休一天。那时交通不便，从大丰开往小海的公共汽车每天只有上午、下午各一班。我每周雷打不动，风雨无阻，骑自行车到厂里带她回小海镇过周末。和妻同宿舍的人见状大声叫喊：“车夫来了，车夫来了。”

于是，我写下《礼拜妻》《车夫的爱》《妻子读报》等十多篇文章。如今迈向耄耋之年，在我有生之年还想再写几篇有关妻的文章，再同妻撒几把“狗粮”。

原载《大丰日报》2021 年 1 月 30 日

文集 03

一池莲花　满园廉韵

在我区常新路与幸福西大街交叉口往西90米，有一个金丰廉韵公园（常新公园）。公园面积虽然不大，但设计精巧，布局合理，以“莲”为载体，将“莲”与“廉”融为一体、寓教于乐，是党风廉政教育的好去处。

走进公园，首先映入眼帘的是“金丰廉韵主题公园”八个大字的门牌石，东侧设立一大型LED电子显示屏，滚动播放着党风廉政教育案例；向右走去，是一条彩色地砖铺成的人行道，两边绿树成荫，奇花异草、山石点缀其间，在树下行走让人心情舒畅；走过宣传栏，向北就到了“警示廉壁”，墙面摘录了一些历代名人警示廉语，看后让人肃然生敬，受益匪浅；过了北墙就到“明镜台”，台上耸立着一面硕大的凸面镜，台面刻有唐代李世民的“以铜为鉴，可正衣冠；以古为鉴，可知兴替；以人为鉴，可明得失”警言。路过的行人都要“照”一下，审视自己是否“正衣冠”，让心灵得到净化。

走过林荫道顿觉视野开阔，这里是市民晨练的公园广场，广场中间立了一块泰山石，上面刻有“常新公园”四个红字。因“莲”与“廉”谐音，公园的各景点名称都以“廉”为主题。广场北侧设有“清廉亭”，西侧有鱼莲雕塑。广场的四周有一条蜿蜒的小河环绕，名叫“爱莲池”。池上有拱桥、平桥、栈道，巧妙地把各个景点串联起来。最吸引我的是满池莲花，有红莲、白莲、粉莲、洒金莲等多个品种。走近一看，莲花们有的还是小花苞，有的已经怒放，还有的只剩下可爱的小莲蓬了。这时一阵微风吹来，荷叶翻动着绿绿的圆盘，平静的池面好像泛起了绿波，还发出“沙沙”的声音，荷花伴着音乐，翩翩起舞，似乎在欢迎游人的到来。不少游客走在“勤廉桥”上，争先恐后地拍照留影，人在桥上好像在荷叶上行走一样。这时，“爱莲池”上拍照的游人也成了风景，荷池的各个角度都很美，不禁让我想起了“接天莲叶无穷碧，映日荷花别样红”的诗句。

面对满池莲花，我感慨万千：莲，娉婷、袅娜，宛若一位亭亭玉立的妙龄少女，浑身散发清幽的莲香，沁人心脾，回味悠长。可她更令人肃然起敬的，则是那“出淤泥而不染，濯清涟而不妖”的高洁品格，弱小的身躯却孕育着淡定、刚直的傲然正气，这不正是我们共产党员廉洁奉公、刚正不阿的完美写照吗？莲，因洁而尊；人，因廉而正；党，因廉而威。

“当，当，当”，不知是谁敲了“百廉钟”三下，这声音浑厚有力，响彻整个公园，警示着大家：党员干部要牢固树立权为民所赋、权为民所用的权力观，始终敬畏人民、敬畏权力、敬畏法纪，做到用权不徇私、不逾矩、不妄为……我循声走去，只见钟墙上“聆清音，思致远”六个大字十分醒目，其意味深刻。顺着“百莲道”往前走，右边是一片茂密的竹林，翠竹深处映托着“清风赞”竹简，上面刻有名人、学者的诗句。如叶剑英的“人生贵有胸中竹，经得艰难考验时”，这句诗教育、鼓舞、鞭策着后人奋进。

时间不早，游园就要结束了。公园出口处有一块大型宣传牌上面写着：“堂堂正正做人，干干净净干事，清清白白从政。”我想这三句话是对党员干部的忠告，更是党的规矩和人民的期盼。

原载《大丰日报》2022 年 6 月 18 日

那年，我在基层上党课

20 世纪 90 年代，我在基层供销社党支部任职。“三会一课”是党支部书记的首要工作，给党员上党课是“必修课”。

传统的党课流程先是党支部书记根据《支部工作手册》传达上级党委、政府会议精神，学习《党章》；接着由宣传委员读党报、党刊等有关文章；而后组织委员收缴党费，至此党课宣告结束。这样的形式，说者说得口干舌燥，听者听得乏味枯燥。当时基层没有电化教育，学习方法也相对简单。因而，在实际工作中，如何用创新的授课形式，让党员和入党积极分子爱听、想听，这是落实党课制度过程中面临的现实问题。

由此，我联想到自己曾兼职当职工教师的经历，我想党课是否也可改为课堂的形式来上，改“会议式”为“课堂式”呢？原先的“会议式”讲课人是坐着讲党课，改用“课堂式”后，讲课人是站在讲台前板书上课，这样的效果自然不会差。当然，关键是讲稿要写得好、够生动，要贴近实际。

于是，我着手准备写讲稿，真动起笔来却无从下手，问题是手头没有充足的资料，那时的乡镇，这方面的资料较少。不像现在，不论身在何地，遇到任何问题，网上查找一下，立马就知道答案，而且信息量很大，自己还可以作最优选择。于是，第二天，我到县城向有关部门借阅了相关资料。回来后，召开座谈会，收集本地烈士事迹及身边的好人好事。又在理论上认认真真“先学一步”，用两天的时间讲稿基本完成，如期赶上“七一”党课。

那天，党员一进会议室就觉得今天的气氛不同，环境变了，设立了讲台，还挂了块黑板。我站在讲台前稍讲了几句开场白，然后在黑板上板书“共产党员是特殊材料构成的”，讲解中列出提纲：一、党的性质；二、党的信仰；

三、党的宗旨；四、共产党员的先进性。因为是尝试，我不敢怠慢，这篇讲稿在课前做了充分的准备，用了“功夫”，内容带露水、冒热气、沾泥土、接地气，增强了贴近性和现实感。课后，不少党员和入党积极分子表示，“课堂式”党课讲的是身边的人和身边的事，口语化，条理清楚，听得懂，记得住，效果好。

“课堂式”党课后，得到了当地党委的好评，有关部门还向我要了讲稿。那年镇党委表彰我为“优秀党支部书记”，大丰县委表彰我为“模范共产党员”。我深知这是党组织对我的鞭策和鼓舞。

原载《大丰日报》2021年7月31日

醉在咸亨

早在上初中时就读过鲁迅先生的《孔乙己》这篇名作，我对书中孔乙己这个人物的印象很深。

一次，慕名来到“咸亨酒店”，这里仍保留了先生笔下当年的景观，飞檐翘角、古色典雅的店面，“咸亨酒店”四个古朴苍劲的大字匾额横挂在店门上方。左侧是木柜台，专供绍兴酒，有坛装、瓶装和散装，柜台外有一酒幡迎风招展。右侧是店堂，十几张小方桌，每桌配四张木椅子。这里的陈设纯粹是一幅四十年代绍兴酒店的原版。

店堂内只见国外友人和港澳台同胞及国内旅游的、经商的，熙熙攘攘，十分热闹。和友人落座后，要了一碟茴香豆、一碟臭豆腐干、一碟霉干菜、两碗黄酒。此时看到游人穿着一件孔乙己长衫拍照，心情异常激动，我想今天也过把当年孔乙己先生倚在木柜台外，一边喝黄酒，一边吃茴香豆说“多乎哉？不多也”的瘾。

黄酒入口甜绵、爽口，不愧是江南佳酿、皇宫贡酒。加之茴香豆、臭豆腐干风味各异，边喝边蘸很是下酒。不知不觉一大碗下肚，顿感浑身上下热乎乎的，因不胜酒力，头昏脑涨，如坠云里……醉朦中似乎看见孔乙己先生身着长衫，手捋胡须，飘至而来，只见他一鞠躬，曰：“客官，来此酒店感觉如何？”我伏在桌上醉糊糊地答道：“黄酒嘛，‘味道好极了’，只是茴香豆，嗯，‘多乎哉？不多也’……”

原载《江苏商报》1998 年 7 月 18 日

共“唱”支农二重曲

三年前，我在万盈供销社工作。那年春耕时节，为支援农业生产，我带领职工送化肥、农药、农膜下乡。车上插彩旗、挂横幅，真可谓声势浩大。然而，出人意料的是，两天下来效果却很不理想，销售额仅有1000多元。

第三天，我们暂停送货，对前两天的送货情况进行总结分析。发现农民对化肥、农药、农膜不是不需要，只是手头拮据，原有的资金已用于购买备耕的种子及子女上学。正当我们一筹莫展时，万盈信用社王主任主动登门，他笑着说：“不要担心，明天我们信用社派两名同志随你下乡，我们放小额贷款，你们售货，准能成功。”我听后十分高兴。

翌日，一辆装满农资的“大篷车”迎着东方的红日奔驰在乡间的小道上。20 分钟后，我们来到了偏僻的关北村，村里用广播宣传供销社货已送来，需要贷款的农户只需带一枚私章即可办理手续。这一做法十分奏效，不一会儿，各家各户有的骑摩托车，有的骑自行车，有的拖板车，陆陆续续来到村部。信用社放贷款，我们发货，一个多小时后一卡车的化肥、农药、农膜全部卖完。就这样我们与信用社的同志连续下乡 7 天，跑遍全镇各村，共发放贷款 22 万元，销货 24 万元，有力地支持了农业生产，取得了一举三得的效果。

原载《大丰日报》2002 年 10 月 31 日

卖菜大嫂的“生意经”

俗语说：“开门七件事，柴米油盐酱醋茶。”退休后，买菜是大多数老人的第二“职业”，我也不例外，每天上午到菜市场买菜是首要任务。

恒生菜市场面积虽然不大，但地处西城区繁华路段，车水马龙，人流量较大。菜市场内管理得井井有条，设有蔬菜交易区、白肉交易区、豆制品交易区、卤菜交易区……种类繁多、品种齐全。在蔬菜交易区摊位中，有一位卖菜的大嫂是下岗职工，年龄四十多岁，人做事精干，长相秀气，见人一脸笑，是做生意的一把好手。她的摊位蔬菜摆放整齐，品种鲜嫩丰富，有绿油油的青菜、白生生的萝卜、水灵灵的芹菜、红润润的西红柿、绿衣带刺的黄瓜……看了令人心情舒畅，每天摊位前总是顾客不断，生意兴隆。

我每天买菜都到她的摊位，并观察为什么生意这么红火？她虽然文化程度不高，也未学过顾客心理学，但善于动脑筋并别出心裁。在交易过程中摸索出一套“生意经”。

一是微笑服务，感情投资。每当顾客从摊位前走过，她便莞尔一笑主动打招呼，年长的称“爹爹”或“奶奶”。中青年称“老板”或“美女”。见到熟悉的人更是直呼“大哥哥”“二嫂子”“三姨娘”“六舅母”……随即询问：“今天吃什么菜啊?”

从顾客心理学讲，顾客都有被重视、恭维的心理。经她这一称呼如沐春风，彼此之间的距离被拉近了，增强了亲近感，买卖双方成为“一家人”，爱的连接就产生了，无形中撒开了一张感情网，营造出和谐温馨的经营氛围，买卖交易也就开始了。

二是察言观色，灵活经营。当顾客拿不定主意，眼神还在蔬菜上浏览时，她便主动出击迅速将塑料袋口扯开送到你的面前，这一举动不知不觉就约定了“买卖关系”，并介绍今天蔬菜的品种、产地、鲜嫩、口感……可以看出她用的是顾客心理学中的“出击法”。

顾客的个性各种各样，在经营过程中她抓住顾客的心理突破点，通过观察、交流和肢体语言能够初步掌握顾客的心理状态。采用“看人点汤法”：对爱慕虚荣型的顾客加以赞美；对节约俭朴型的顾客给一点优惠；对来去匆匆型的顾客快速成交；对情感型的顾客以优质服务感动他。此外，对有些新手“煮妇”不熟悉烧菜的方法咨询时，她如数家珍地从蔬菜的搭配、营养的均衡、口感的调比方面一一讲解，当好“参谋”，深得顾客满意。

三是“粗活”细做，周到服务。三百六十行中通常认为卖菜的行业是“粗活”，十分简单，没有什么技术含量，更不需要经营技巧。可卖菜大嫂把“粗活”当作“细活”来做。

为方便顾客，她把大小不同规格的塑料袋挂在摊位外让顾客随手可取。在购买过程中，她千方百计让顾客获得好感，如莴苣根上皮厚或泛黄，她当着你的面用刀轻轻地削掉一层；切开后的冬瓜段也是切掉薄薄的一层；卖白菜时将外叶剥去一叶……这些细小的举动带有“作秀”的成分，但顾客看了很享受、舒服。其实卖菜大嫂运用的是顾客心理学中的“攻心术”，这是一种销售手段。

四是略施小恩小惠，吸引回头客。每笔交易成交后，在结账时卖菜大嫂很爽气，小生意一角二角不要钱，大生意五角之内不收钱。如有购买品种多、斤两重的，她便主动给你送上车去。不管是大生意还是小生意装袋结束时，她会出乎你的意料额外送你一点调味菜，金额小的送两三颗大葱和七八瓣蒜瓣；金额大的送五六颗大葱和一小把蒜瓣，另外还送三四颗香菜。这些赠品顾客是乐意接受的，也很实用。

从顾客心理学讲，人都有占便宜的心理，喜爱额外获得收获。虽说这点东西不值几何，但是人们希望有这种占点小便宜的感觉，卖菜大嫂就是掌握了顾客的心理，要让顾客享受这种感觉，这样无形中“回头客”就形成了。

贴墙纸

20世纪70年代末，我家住在大丰市的一个古老集镇上，两间青砖瓦房因未隔间，进门就见床，显得很零乱。为“美观”起见，我用芦苇秆打了一块篱笆做隔墙，又找来旧报纸糊在篱笆两面，效果蛮好。室内环境也因报纸在阳光的反射下，显得光亮了许多。我喜爱看报，就把报纸上登有重大国际新闻的那一版面糊在墙的最上一排，接下来是国内新闻、文体动态、文艺副刊……闲来无事举头看“墙报”，浏览版块内容，有种常看常新之感，也算是一种“享受”吧。不过时间一长，报纸经风吹日照后很快就变得泛黄、发脆，所以每年腊月二十八除尘日这一天，我总要更换一次报纸，让新年有个新气象、新内容。

过了几年，我将房屋重新翻建过一次，房间隔墙是用红砖隔的，因手头拮据，没有粉墙，只是在砖墙上贴上白纸，再挂上四张山水条幅，就算布置好房间室内的墙壁。想想倒也算是简朴大方吧。

时至今日，我有了一套两室半的住宅，在装潢过程中除了地面铺大理石，上层吊顶，四周做墙裙外，儿子又买回了高级贴墙纸，贴在平整的墙壁上。全家人都称赞这贴好的墙纸质量上乘，色彩亮丽，图案高雅。生活在这样整洁、宁静的环境中，居住者享受到了房屋装修后的好心境。我看着墙纸并摸着墙纸想到了过去，那篱笆墙上糊报纸，砖墙上贴白纸，现在住宅楼墙壁上贴墙纸，这三种纸的变迁难道不是改革开放 20 年来历史画卷的一个浓缩的侧面吗？

原载《江苏商报》1999 年 1 月 27 日

打工翁

自从单位退下来后，我顿感很不习惯。往常在每天上班下班、下班上班很有规律的节奏中生活了近 40 个春秋，现在一下子闲下来无事可做，日子真是难熬，于是如何消磨时间便成了我的新课题。有朋邀请“筑长城”我欠学，“斗地主”无雅兴，“嘭嚓嚓”不是那块料。老伴说：“你精力还不错，总不能整天坐在家中吧，也得找一点事情做做。”我想这话也不无道理。

幸亏我是会计出身，经朋友介绍，我去了一家私营小厂重操旧业，搞财务。来到新单位后，我对一切都感到很新鲜，但处处都得听从“老板”的吩咐。说实话，过去我在单位大小也是个头儿，布置下属办事就是我的工作，可现在得听别人的，起初还真有点不习惯，但想这也是“能上能下”的体现吧！

从此，我每天又开始走上新的岗位，感到生活充实多了，精神也振奋了。有人问我每月多少报酬，我莞尔一笑：“多少钱倒不计较，重要的是参与，证明我还能为社会做一点事。”

一日，下班回家，只见一桌丰盛的菜肴在等候着我，酒过三巡，儿子举起酒杯提议：“今天为爸第二次‘就业’祝贺，干杯！”“爸上班后好像年轻多了。”女儿在一旁抢着插话。老伴说：“什么上班不上班，是打工。你看电视剧不是有《打工妹》《打工仔》吗？你老爸是‘打工翁’，马上要拍电视剧喽！”“哈哈哈……”全家都乐了。

原载《大丰日报》2000 年 6 月 24 日

俺遇上好人啦

大丰县小海乡汽车站向北五十米处有一户个体旅社，店女主人名叫朱增莲，开业三年来坚持优质服务，守法经营，生意越做越红火。一至十月份已经交纳工商管理费和营业税 1100 元。

她免费为旅客代洗衣服，为旅客代做饭、烧菜，特别是对老年人和病人更是关怀备至。5 月 10 日安徽一位老工人来住宿，夜间 12 点多钟突然腹部绞痛，脸色苍白，虚汗直流。朱增莲发现后，立即让儿子将病人背到医院帮他挂号、取药、输液……直到深夜 2 点多钟病人的病情渐渐好转，母子才回来休息。

2 月 8 日是大年除夕，下午 5 时小海小街人渐稀少，朱增莲发现一位山东卖生姜的农民在一家商店门口准备就地露宿。她上前一了解，这位农民姓张，因生姜没有卖掉无法回家过年。朱增莲就把这位农民带回旅社安排住宿，晚上和她全家人一同过年吃团圆饭。睡觉前，还送来一包糕点给老张压岁。大年初三这位农民的生姜卖完要结账，朱增莲说：“不要了，你回去和家人一同过春节吧！”那位山东硬汉感动得流下眼泪说：“俺老张，遇上好人啦！”

原载《盐阜大众报》1986 年 11 月 24 日

优秀棉检员——冯梅华

大丰市万盈供销社棉检员冯梅华从事棉检工作近十年，她刻苦钻研技术，全心全意为棉农服务，深得广大棉农的好评。1996年，被万盈乡评为“十佳服务员”，大丰市人民政府表彰为“优秀棉检员”。

心中唯有棉农

去年收棉高峰期的一天，售棉的队伍特别长。冯梅华从一上班就不停地收棉，到中午12点钟，窗口外还有二十多个棉农在等售，她和窗口工作人员坚持把所有棉花都收完才下班。这时已是下午1点多了，她才想起放在邻居家里发着高烧的孩子，她急忙带着孩子到医院检查，体温高达 39℃。医生立即给孩子挂水，这时已快到下午上班时间，她只得拜托邻居帮助照料，自己连一口饭也没顾上去吃，又匆匆赶去上班。

只认棉花不认人

一次，冯梅华的姨爹拖来两包棉花，她打开一看没分清等级，于是要求分拣后再售，亲戚非常生气，站在一旁售棉的一个棉农不理解地说：“她不是你姨侄女吗?”“我家姨侄女现在只认棉花不认人!”亲戚说着就要把棉花放上车拖走。冯梅华见状，非常耐心地解释收棉站的制度，一边还帮他分拣棉花，直到亲戚消了气，把棉花卖给国家。

真情服务赢赞誉

冯梅华经常说：“我是农民的女儿，农家女要为农服务才不忘本。”她是这样说的，也是这样做的。去年，新坝村一位棉农用拖车运来两包棉花，打开一看全是统花，冯梅华向他宣传分拣棉后再出售的优点，可他就是不听，说天要下雨，没有时间去分拣棉花，而且田里还有许多棉花来不及收上来，这两包就这么卖算了。冯梅华请示站长后，发动站里所有工作人员帮助分拣，分拣前过磅是 235 斤，如按等级算是 527 等级，只能卖到 540 元。分拣后有 198 斤可卖 429 等级，还有 37 斤可卖 527 等级，折算金额为 618.30 元，净增 78.30 元，这位棉农非常感动。回去后，请人用大红纸写了一封热情洋溢的感谢信，贴在收棉站大门上，感谢收棉站同志正确执行政策，服务到位，工作到家。

原载《江苏商报》1997 年 11 月 8 日